「こ、この衣装は……」
答えに詰まったシヴィルの頬に、
みるみる朱がさしてゆく。
魔法戦士リウイ　ファーラムの剣
嵐の海の魔法戦士

「くよくよしないでよ！」
ルーシアはいきなり立ち上がると、
リッケに海水をかけた。
「いきなり、何をするんだよ！」
リッケは腰を下ろしたまま、
後ずさりしようとする。

白い輝きに包まれた〈勇気の精霊〉戦乙女《バルキリー》が、
海賊王の亡霊にしなだれかかるように背後から
首に手を回している。

魔法戦士リウイ　ファーラムの剣

嵐の海の魔法戦士

水野　良

ファンタジア文庫

1458

口絵・本文イラスト　横田　守

目次

第1章　海の民《たみ》

1

紺碧《こんぺき》の海が、無限《むげん》のごとく広がっていた。視線《しせん》の遥《はる》か彼方《かなた》で空と交《ま》じりあい、青白い靄《もや》となっている。

東の果て《イーストエンド》の島は、もう見えない。

緩《ゆる》やかに、しかし、大きくうねる波を、百隻余《せきあま》りの船団《せんだん》が乗り越《こ》えてゆく。

その先頭を進む船の甲板《かんぱん》に、長身でごつい体格《たいかく》をした男の姿《すがた》があった。

彼の名はリウイ。剣《つるぎ》の王国オーファンの妾腹《バスタード》の王子にして魔法戦士《ルーンソルジャー》である。

彼の側には、ひとりの女性《じょせい》がいた。賢者《けんじゃ》の王国オランの女騎士《きし》であり、聖剣探索隊《せいけんたんさくたい》の隊長を務《つと》めるシヴィルリア・サイアス——シヴィルである。

彼女は今、羽《ウイングドヘルム》冑をかぶり、胸《むね》の膨《ふく》らみを強調した鱗《スケイルメイル》鎧を身に着けている。鎧《よろい》の腰当《こしあ》ての隙間《すきま》からは、太腿《ふともも》が露《あらわ》な短い黒革《くろかわ》の下衣《パンツ》が、かいま見えている。肘《ひじ》まである籠手《グローブ》と膝《ひざ》まである長靴《ブーツ》には、冑《かぶと》と同じ羽根《はね》飾《かざ》りが付いていた。冑と鎧、そして籠手と長靴にも、すべて金箔《きんぱく》が施《ほどこ》されている。天空から降《ふ》り注《そそ》ぐ陽光を反射《はんしゃ》し、まるで彫像《ちょうぞう》のように輝《かがや》いていた。

「よくも、わたしの邪魔《じゃま》をしてくれたわね……」

わずかに震《ふる》える声で、シヴィルはリウイに向かって言った。

「その話は、もう決着したじゃないか？」

リウイはうんざりとした表情《ひょうじょう》で答える。

「バイカルとイーストエンドは国交を樹立《じゅりつ》し、貿易《ぼうえき》を行うことを同意した。あの島国にはいろいろ特産品がある。大陸で高値《たかね》で取り引きされるものも少なくないはずだ……」

「交易が富《とみ》をもたらすには、長い時間がかかる。ロドーリルとの戦《いくさ》で、バイカルの財政《ざいせい》は破綻寸前《はたんすんぜん》なのだ」

「だからって、イーストエンドから略奪《りゃくだつ》……いや貢《みつ》ぎ物を取ろうというのは、ひどい考えだと思うぜ？」

バイカルの〝海賊王《かいぞくおう》〟ことギアースは、大船団を率《ひき》いてイーストエンドに乗り込《こ》み、海賊行為《こうい》を行わないことを約束をするかわりに、莫大《ばくだい》な献上品《けんじょうひん》を要求してきたのである。

しかもそのなかには、イーストエンドの至宝《しほう》である三神器《さんじんぎ》も含《ふく》まれていた。

オランの女騎士シヴィルは、驚《おどろ》いたことに、バイカルの使節になっていたのである。

彼女は三神器が、魔法王の鍛冶師《かじし》ヴァンが鍛《きた》えた武具《ぶぐ》だと目星をつけ、それを手に入れようと目論《もくろ》んだのだ。無論《むろん》、リウイたちがイーストエンドで探索《たんさく》を進めていることは、知っている。つまり、出し抜《ぬ》こうとしたわけだ。

イーストエンドの内乱《ないらん》が治まっていなければ、目的を果たしていたことだろう。だが、三神器は蛇神《じゃしん》ヤヅチを滅《ほろ》ぼした報奨《ほうしょう》として、リウイが譲《ゆず》り受けていた。

シヴィルは一歩、遅《おそ》かったのである。

だから、邪魔をされたと、文句《もんく》を言っているわけだ。

いったいどちらがだと思わなくもないが、彼女と言い争っても無駄《むだ》だということは、思い知っている。

「国が乱《みだ》れていれば、他国から侵略《しんりゃく》を受けて当然。バイカルとて、いわれもなくロドーリルからの侵略を受けていた。それに対して、わずかな賠償《ばいしょう》もない」

「ロドーリルだって、戦で疲弊《ひへい》しているからな。それにバイカルとの戦に敗《やぶ》れたというわけでもないからな」

それどころか、バイカルの王都は、陥落《かんらく》寸前まで追いつめられていたらしい。

オラン、ミラルゴの連合軍との戦いには大敗したものの、ロドーリルの軍事力が完全に失われたわけではない。連合軍にしても、犠牲《ぎせい》を払《はら》ってまで、バイカルを救うつもりはなかった。正気にもどったジューネ女王が軍を退《ひ》くという決断《けつだん》をしなければ、バイカルは遠からず滅びていたことだろう。

「そう言えば、あなたはあの鉄の女王とは、特別な関係だったな」

シヴィルは冷ややかな視線《しせん》を向けてくる。

「うまく取り入って、側近《そっきん》めいたことをしていただけだ……」

「十分、特別ではないか！」

シヴィルは眉《まゆ》の端《はし》をつりあげた。

「あんたこそ、海賊王ギアースに気に入られてるようじゃないか？　その衣装《いしょう》は、あいつの趣味《しゅみ》なのかい？」

ギアースは海賊の国とも称《しょう》されるバイカルの重鎮《じゅうちん》である。複雑《ふくざつ》に入り組んだ海岸に点在《てんざい》する集落が連合した〝海の民《バイキング》〟と呼《よ》ばれる部族の長《おさ》だ。

海の民は、独特《どくとく》の形状《けいじょう》をした高速の櫂船《ガレー》で、世界中の海を渡《わた》り歩いている。交易が主だが、ときに略奪も行う。イーストエンドの新王となったソーマの言葉だが、交易船と海賊船にはたいした違《ちが》いはないのだそうだ。

リウイたちが今、乗り込んでいるのは、ギアースの船である。

新造《しんぞう》らしく、木の香《かお》りが強く臭《にお》う。他の船とは異《こと》なり、大型で二層《そう》の甲板《かんぱん》だった。二本の帆柱《ほばしら》を備《そな》えているが、今は逆風《ぎゃくふう》なので、船乗りたちが櫂《かい》を漕《こ》いでいる。

「こ、この衣装は……」

シヴィルは答えに詰《つ》まった。みるみる頬《ほお》に朱《しゅ》がさしてゆく。

「オレは精霊使《せいれいつか》いじゃないから、実物にお目にかかったことはないが、噂《うわさ》に聞くところの戦乙女《バルキリー》じゃないか？」

バルキリーとは、勇気を司《つかさど》る精神の精霊のことだ。男性《だんせい》の召喚《しょうかん》にのみ応《おう》じ、強大な力と死を恐《おそ》れぬ勇気を与《あた》えるという。だが、それゆえに主人を死に導《みちび》くことも多いとされる。

「海の民の男たちは、バルキリーを神聖視《しんせいし》しているというだけだ！」

シヴィルは甲高《かんだか》く言うと、そっぽを向いた。

「ギアース族長に気に入られているのは、悪いことじゃない。バラックの財宝《ざいほう》を探索《たんさく》する許可《きょか》も取りつけたんだろ？」

バラックというのは、古代王国時代末期から新王国時代初期にかけて海の民を率いていた偉大《いだい》なる族長の名である。

世界中の海を股《また》にかけ、交易と略奪によって莫大な財宝を集め、海賊王と恐れられた。

伝説によれば、その財宝とともに〝嵐《あらし》の海〟の彼方《かなた》に姿《すがた》を消したとされる。

バラックと〝バラックの財宝〟にまつわる伝説は、アレクラスト大陸では知らぬ者はないというほど有名だ。吟遊詩人《ミンストレル》たちが好んで謳《うた》う題材でもあり、リウイも子供《こども》の頃《ころ》には、何度もその詩を聞き、胸《むね》を躍《おど》らせたものだ。

嵐の海のある場所は、バイカルの北東。その名のとおり、絶《た》えず嵐が吹き荒《ふあ》れているため、誰《だれ》も近づくことができない。何人もの命知らずが挑《いど》んだとされるが、帰ってきた者は誰もいないという。

もっとも、少年時代が終わる頃には、バラックの財宝はただの伝説と思うようになっていた。

だが、財宝はどうやら実在《じつざい》しているようなのだ。リウイが所有している魔法《まほう》の石盤《せきばん》が、嵐の海に魔法王の鍛冶師ヴァンが鍛えた武具《ぶぐ》がひとつ存在《そんざい》していることを示《しめ》している。それが、バラックが集めた財宝のひとつということは、十分に考えられる。他の財宝が眠《ねむ》っている可能性《かのうせい》も低くない。

「わたしはギアース族長に、バラックの財宝を眠らせておくのは無駄《むだ》だと進言しただけだ。そして族長も、おそらく同じ考えだった。この船は、嵐の海を越《こ》えるため族長が造《つく》らせていたものだからな。しかし船乗りたちは、嵐の海をひどく恐れている。だから、なかなか実行に移《うつ》せなかった。わたしの言葉で、船乗りたちも覚悟《かくご》を決めたのだ」

「だから、その衣装というわけか……」

海の民の船乗りたちは、バルキリーに卑怯者《ひきょうもの》と思われたくなかったのだろう。

「しかし、どうやって、連中に認《みと》められたんだ？」

「簡単《かんたん》なことだ。夜中に忍《しの》びこんでくる男たちを叩《たた》きのめしていたら、知らぬうちに噂が広まっていた」

「なるほどな……」

リウイは苦笑《くしょう》した。

「ギアース族長も、バラックの財宝を狙《ねら》ってたわけだ。そして、あんたの進言がちょうどいいきっかけとなった。その報酬《ほうしゅう》が、ヴァンの武具というわけだ」

「それこそが、わたしの使命だ！」

シヴィルは毅然《きぜん》として答える。

「うまく事を運んだもんだな」

リウイは感心したように言った。お世辞《せじ》ではなく、たいした手際《てぎわ》だと思う。

「すでに三神器を手に入れたあなたに言われても皮肉にしか聞こえぬ！」

シヴィルは声を震《ふる》わせた。

「バラックの財宝は、わたしたちが見つけだす。余計《よけい》な手出しは、無用に願う！」

「オレは、横取りなんかしないさ。だが、こうして一緒《いっしょ》になったんだ。あんたたちの手並《てな》み、見せてもらうぜ」

「……勝手にするがいい！」

シヴィルは一瞬《いっしゅん》、言葉に詰《つ》まったが、すぐに胸《むね》を反《そ》らし、挑戦《ちょうせん》的に答えた。

そのときである——

「シヴィル！」

高い声がして、小さな人影《ひとかげ》が、リウイの視界《しかい》のなかに走りこんできた。

小柄《こがら》な少年だった。角兜《ホーンドヘルム》をかぶり、鱗鎧《スケイルメイル》を身に着けた戦士の装《よそお》いではあるが、いずれも身体《からだ》に余《あま》っている。

「リッケ」

それまで不機嫌《ふきげん》の極《きわ》みだったシヴィルの顔に優《やさ》しい微笑《びしょう》が浮《う》かぶ。

リッケと呼《よ》ばれた少年は、彼女の腰《こし》に抱《だ》きつき、目を輝《かがや》かせて見上げた。

「お爺《じじ》が呼んでいる。一緒に食事でもどうかって……。そこの大男もな」

少年は、リウイを横目で見る。なんとなく敵意《てきい》を感じる視線だった。

「その子は？」

リウイはシヴィルに訊《たず》ねた。

イーストエンドで行われた交渉《こうしょう》の席には、無論《むろん》、少年の姿《すがた》はなかった。

「ギアース族長のお孫《まご》よ。そして跡継《あとつ》ぎでもある……」

「跡継ぎだって？　この子供《こども》がか？」

リウイは、思わず驚《おどろ》きの声をあげた。

ギアースはすでに六十を越《こ》える老人なのだ。頑健《がんけん》に見えるが、いつ衰《おとろ》えても不思議ではない。そしてこの少年が大人になるには、まだ十年はかかる。部族をまとめられるようになるのはもっと先だろう。

「おまえ、失礼だぞ」

少年が睨《にら》みつけてくる。

「す、すまない」

リウイはあわてて謝《あやま》った。

疑問《ぎもん》はいろいろあるが、それを詮索《せんさく》する立場にはない。

今はイーストエンドの使節として、バイカルに赴《おもむ》く途中《とちゅう》である。正使は当然、イーストエンドの人間だが、外交には慣《な》れていないということで、ソーマから補佐《ほさ》を頼《たの》まれているのだ。

（今回は、傍観者《ぼうかんしゃ》に徹《てつ》しないとな）

リウイは自分に、そう言い聞かせる。

そんな性分《しょうぶん》ではないことは、彼自身がいちばんよく知っていたが……

2

リッケという名の少年に案内され、甲板《かんぱん》から船室に入ると、長卓《ちょうたく》のいちばん奥《おく》の席にどっかりと腰を下ろしている体格豊《たいかくゆた》かな老人と目が合った。

その老人こそが、海の民の族長ギアースである。海賊王とも称《しょう》されている。その称号で呼ばれるのは、歴代の族長のなかでも特に名を馳《は》せた者だけだ。

顔や腕《うで》には無数の古傷《ふるきず》が走っている。彼の側には、リウイの仲間である女性《じょせい》たちの姿《すがた》があった。皆《みな》、困惑《こんわく》の表情《ひょうじょう》を浮《う》かべている。

他には、イーストエンドの使節団《だん》とバイカル船団の主《おも》だった船長たちが十人余り。シヴィルの仲間は、ギアースが治めるアルマの街に留《とど》まっていて、この航海には同行していない。

「まあ、飲め……」

じろりとリウイを睨むと、ギアースは自分と向かいあう席に座《すわ》るよう目で合図した。一方、シヴィルには手招《てまね》きし、空《あ》いていた右隣《みぎどなり》の席を指で示《しめ》す。

オランの女騎士《きし》は素直《すなお》に従《したが》い、そこに腰を下ろした。左隣の席には、ギアースの孫である少年が座る。

リウイが席に着くと、麦酒《エール》が満たされた角《つの》の形をした銀製《ぎんせい》の酒杯《しゅはい》が手渡《てわた》された。

飲めと促《うなが》されたので、一度、高く掲《かか》げてから、赤っぽい色をした酸味《さんみ》の強い液体《えきたい》を一気に飲みほした。

「我《われ》らがイーストエンドで荒稼《あらかせ》ぎができなくなったのは、おまえのせいだそうだな？　彼《か》の地の混乱《こんらん》を鎮《しず》め、体制《たいせい》を一新した」

ギアースも酒杯を空《から》にしてから、そう声をかけてきた。

「オレは魔物《まもの》を一体、退治《たいじ》しただけだ……」

リウイは酒杯に新しい麦酒を注《つ》いでもらいながら答えた。

「イーストエンドは、おそらく強力な国家に生まれ変わる。下手《へた》に戦《いくさ》を仕掛《しか》けていたら、手痛《ていた》い目にあっていたはずだ。略奪《りゃくだつ》ではなく交易《こうえき》を選んだのは、賢明《けんめい》な判断《はんだん》だと思う」

「若造《わかぞう》が、言ってくれる……」

ギアースはしかし、肩《かた》を揺《ゆ》らすほどに大声で笑った。

「さすがは竜殺《りゅうごろ》しリジャールの息子《むすこ》よ。おまえの噂《うわさ》はいろいろ耳に入っておったが、とてになったわ……」

も信じられるものではなかった。だが、貴様《きさま》をこの目で見て、それが真実だと思えるよう

どんな噂だろう、とリウイは思った。しかしすぐに、どの噂だろう、と思い直す。

最近、大陸の東方では、いろいろやらかしているから、心当たりはいくらでもある。

「我らは、いつかかならずロドーリルに復讐《ふくしゅう》してやるが、今はそれだけの力はない。長年の戦で、多くの男たちが死んだからな」

「バイカルの現状《げんじょう》は、シヴィルから聞いた。イーストエンドとの交易が、うまくゆくことを願っているが……」

「始めてみなければ、なんとも言えんな」

ギアースは不機嫌《ふきげん》に鼻を鳴らす。

イーストエンドの産物がどれだけの価値《かち》を持つかは、未知数なのだ。

「だからこそ、海賊王バラックの財宝《ざいほう》です!」

シヴィルが勢《いきお》いこんで言う。

「わたしがかならず、手に入れてみせます!!」

「ああ、期待しておるぞ。我がバルキリー」

ギアースは表情を崩《くず》し、シヴィルのむきだしの肩に手をかけた。

オランの女騎士は、それを避《よ》ける様子も見せない。

（オレがあれをやったら決闘《けっとう》だろうな）

リウイは苦笑《くしょう》を漏《も》らした。

「お爺《じじ》！　シヴィルは、オレがもらうぞ！」

この場で、ただひとりの子供《こども》が甲高《かんだか》い声をあげた。

「何を言いだすかと思えば……」

ギアースが、やれやれという表情で言う。

「おまえには、ルーシア王女がおるだろう？　仲がいいと聞いたから、国王に願いでて、許嫁《いいなずけ》になってもらったというのに……」

「ルーシアなんか、まだ子供じゃないか！　オレにはバルキリーのような強い女が必要なんだ！」

リッケは不満そうに叫《さけ》んだ。

それを聞いて、海の民の男たちが、どっと笑う。

「何が可笑《おか》しい？」

顔を真《ま》っ赤《か》にして、少年は立ち上がると、男たちを見回した。

「バルキリーは死を恐《おそ》れぬ勇者にのみ、心を許《ゆる》すというぞ」

「おまえには十年、いや二十年は早いわ」

男たちは口々にはやす。

少年はうつむいたまま、拳《こぶし》をぎゅっと握《にぎ》りしめた。

「大丈夫《だいじょうぶ》よ、リッケ。キミなら、きっと勇者になれる……」

シヴィルが優《やさ》しく声をかける。

だが、少年はうつむいたまま、肩《かた》を震《ふる》わせるのみ。

「そのためには、まず海で泳げるようにならなければな」

「いやいや、剣《けん》を持ちあげるところからだろう」

笑い声が次々とあがる。

男たちの言葉に悪意は感じられなかった。むしろ少年に対する愛情《あいじょう》が感じられる。

だが、子供にそれを理解《りかい》しろというのは無理な話だ。子供というのは、子供扱《あつか》いされるのがいちばん嫌《きら》いだという厄介《やっかい》な生き物なのである。

「まず、座《すわ》れ。そしてたくさん食べるんだ。それが本当の男への第一歩だ」

拳をかたく握りしめ、立ちすくんだままの孫に、ギアースは低く声をかけた。

リッケはうなずくと、拳で目のあたりをこすり、食卓《しょくたく》を見る。

塩漬《しおづ》けの魚や豆料理が並《なら》んでいた。

わずかに顔をしかめたものの、黙《だま》ってそれを食べはじめる。

宮廷儀礼《きゅうていぎれい》を修《おさ》めているのだろう。行儀《ぎょうぎ》のよい食べ方だった。ギアースをはじめ、海の民の男たちとは、あきらかに違《ちが》う。

「ところで、ギアースよ。いにしえの海賊《かいぞく》王バラックの財宝《ざいほう》を手に入れるという噂《うわさ》は、本当なのか？」

しばし、無言の時間が続いたあと、海の民の男のひとりが発言した。

「無論《むろん》、本気だ。財宝を持ち帰ることができれば、先の戦いで差し出してくれた戦士の数に応《おう》じて分配する……」

ギアースは乱暴《らんぼう》に食事を手摑《てづか》みしながら応じた。

「喜びの野に召《め》された戦士の魂《たましい》に報《むく》い、その家族の暮《く》らしを救うにはそれしかあるまい？」

「ギアースがそう言ってくれるのは、正直《しょうじき》、嬉《うれ》しい。だが、バラックの財宝は、呪《のろ》われていると伝えられている。しかも、嵐《あらし》の海を越《こ》えてゆかねばならぬ。すでに誰かが奪《うば》ったかもしれぬし、もとから存在《そんざい》していないかもしれぬ」

「すべて覚悟《かくご》のうえだ」

「それよりは、バラック王のように、世界中で略奪《りゃくだつ》を働くというのはどうだ？　そのほうが間違いなく稼《かせ》げる。元手もいらぬしな」

酒に酔《よ》っているのか、真っ赤な顔をした男が、立ち上がって力説《りきせつ》した。

リウイは思わず、顔をしかめた。イーストエンドの使節団《だん》も沈黙《ちんもく》していたが、内心は穏《おだ》やかでいるはずがない。

「元手はかからぬかもしれぬが、その代償《だいしょう》は大きかろう。今は、どの船も船乗りに苦労しているような有様《ありさま》だ。そして世界は存外《ぞんがい》、平和だ。海賊に対し、備《そな》えていよう」

ギアースは苦笑《くしょう》まじりに、発言者を諭《さと》す。

「バラック王が大陸中を荒《あ》らし回ったあと、近隣《きんりん》から攻《せ》められた歴史を忘《わす》れてはならぬ。そのときには陸の民《たみ》が盾《たて》となってくれたため、我《われ》らは滅《ほろ》びず済《す》んだのだ」

「陸の民が、我らの盾となってくれたのは、その一度きりではないか？　その後、我らは何度、奴《やつ》らの剣《けん》となったことか？　この度《たび》もそうであった。海の民の男が、陸で死ぬことがどれほどの無念か、ギアースとて分かっているだろう？」

「分かっている。だからこそ、報いたいと言ってるのではないか？　勇敢《ゆうかん》なるバルキリーが、我らにはついている。財宝は、かならず見つかるだろう」

ギアースはそう言うと、ふたたびシヴィルの肩に手をかけた。

「おまえが、そうまで言うなら……」

過激《かげき》な意見を主張《しゅちょう》していた男は、不機嫌《ふきげん》に座った。

「しかし、ギアースよ。まさか、おまえが行くわけではあるまいな？　たしかに、おまえはバラックの血をひいているが……」

別の誰《だれ》かが訊《たず》ねる。

「わしも歳《とし》だし、族長としての務《つと》めもあるからな。財宝探索《たんさく》は、ここにいるリッケを行かせようと思う。将来《しょうらい》の族長として、果たさねばならぬ試練《しれん》だ……」

ギアースはそう言うと、ごつい手をリッケの小さな頭に置いた。指の二本が真ん中あたりから失われている。

「まかせてくれ」

リッケは、真剣な表情でうなずいた。

「無茶だ！」

何人もの男たちが、同時に声をあげる。

「リッケはまだ子供《こども》だ。泳ぐこともできず、剣を振《ふ》ることさえできぬ……」

「それでも、わしの孫だ。ただひとり残った跡継《あとつ》ぎなのだ。族長を継ぐに相応《ふさわ》しい男であることを示《しめ》さねばならぬ。おまえたち、海の男に認《みと》められるためにな……」

ギアースの言葉は静かだったが、強い覚悟がうかがえた。

「それはそうだが、おまえの息子《むすこ》は、すべて死んだ。その子供、リッケの兄や従兄《いとこ》たちもだ。おまえは跡継ぎをすべて失うことになるぞ？」

「それが、族長家の宿命だ」

ギアースはそう答えると、酒を飲みほし、空になった酒杯《しゅはい》を長卓《ちょうたく》に転《ころ》がす。そしてこれ以上、何も言うなとの意志《いし》を示すように、腕組《うでぐ》みをして目を閉《と》じた。

「族長は、すでに決断《けつだん》されているということだ……」

リウイとそう歳が変わらぬぐらいの若《わか》い男が立ち上がり、穏《おだ》やかな口調で言った。謡《うた》うような響《ひび》きのある美しい声だった。艶《つや》のある金髪《きんぱつ》に、豊《ゆた》かな髭《ひげ》を口のまわりにたくわえている。

「わたしたちが為《な》すべきは、族長の決定に従《したが》うこと。そして跡継ぎである少年を、何としても守り抜《ぬ》くこと……」

その発言に、海の民の男たちは思い思いにうなずく。

どうやら、その若者は、かなりの発言力を持っているようだ。

「ギアース族長、財宝探索の航海には、わたしも同行いたしましょう。麗《うるわ》しきバルキリーがおられるなら、喜びの野に召《め》されようと本望《ほんもう》というものです」

「ダールの子ラムスよ。我《わ》が孫とともに、行ってくれるというのか？」

ギアースの眉《まゆ》が大きく動いていた。驚《おどろ》いているようにも見える。

「わしの一族が絶《た》えれば、族長はダールの一族に移《うつ》ることになろう。そして、おまえはダールの跡継ぎではないか？」

「わたしは族長の地位など望んではいません。それにわたしが死んでも、ふたりの弟がいますし、何人もの従兄がおります。我が一族の血が絶えるわけではありません……」

ラムスと呼《よ》ばれた若者は静かに答えた。

「魂《たましい》の奏者《そうしゃ》ラムスが同行するなら、これほど心強いことはない」

何人もの男たちが、口々に讃辞《さんじ》を贈《おく》る。

（魂の奏者か……）

リウイは目を細め、じっと若者を見つめる。その視線《しせん》に気づいたのか、彼は会釈《えしゃく》を返してきた。

（たしかに、ただ者じゃなさそうだな）

リウイは笑顔《えがお》でうなずきつつ、心のなかでそうつぶやいた。

「おまえの申し出、快《こころよ》く受けるぞ」

ギアースが、立ち上がって両手を広げた。

「港にもどれば、すぐ出航の準備《じゅんび》にかかるが、間に合うかな？」

「それでは、わたしはこの船で、アロマまで同行いたしましょう。この竪琴《たてごと》さえあれば、

不自由することはありませんゆえ」

ギアースの言葉に、ラムスは恭《うやうや》しくうなずいた。

「おまえの船は、どうする？　それに船乗りは？」

「我が港に帰します。航海に参加するのが、わたしひとりでは不足ですか？」

「不足などということはないが……、おまえはそれでいいのか？」

「かまいません。わたしから言いだしたことです」

ラムスは微笑《びしょう》を浮《う》かべると、席に腰《こし》をおろした。

ギアースも席に着く。

海の民の部族会議は、それで終わったようで、あとは酒を酌《く》み交《か》わし、宴《うたげ》のような雰囲《ふんい》気《き》となった。

緊張《きんちょう》した空気が緩《ゆる》んだのを感じ、リウイはようやく食事に手を伸《の》ばした。

そして、隣《となり》の席に黒髪《くろかみ》の娘《むすめ》がちょこんと座《すわ》っているのに気づいた。

「ミレル！　いつのまに？」

リウイが小声で言うと、元盗賊の少女は明るい笑顔を返してきた。

「まるでグラスランナーだな」

「あんなのと一緒《いっしょ》にしないでよ。あいつらのは生まれつき、あたしのは高度な技術《ぎじゅつ》なんだから……」

ミレルはわずかに口を尖《とが》らせた。

「それより、どうするの？　バイカルもイーストエンドと同じくらい込《こ》み入っているみたいだけど？」

騒動《そうどう》に巻《ま》き込まれるのは、得意とするところだ。自分たちから何も行動を起こさなくても、向こうからやってくる。

「シヴィルは、ギアース族長に信用されてるみたいだしな。まかせていいとは思う。だが、ミレルが言うとおり、バイカルの状況《じょうきょう》は予《よ》断《だん》を許《ゆる》さないからな。最後まで見届《みとど》けるつもりではいる」

「そう言うと思ったよ。じゃあ、目立たない程度《ていど》にいろいろ探《さぐ》りを入れておくね。逃《に》げだす機会を遅《おく》らせたら大変だもの」

「さすが分かってるな。みんなにもそう伝えておいてくれ。あとメリッサに、ギアース族長に触《さわ》られても、声をあげないように、と……」

しかし、リウイが言いかけたまさにその瞬間《しゅんかん》、船室中に戦神マイリーの女性侍《じょせいじ》祭《さい》があげた甲高《かんだか》い悲鳴が響《ひび》き渡《わた》ったのである。そして平手打ちの音が続く。

リウイはミレルと顔を見合わせると、大きくため息をついた。

3

海の民の大船団《だいせんだん》は、バイカル領《りょう》に入ると、入江《いりえ》ごとに一隻《せき》、また一隻と分かれていった。

そして到着《とうちゃく》したのは、最大の港街であるアルマだった。

この街を治めているのがギアースであり、同時に海の民の全氏族を束《たば》ねてもいるわけだ。

イーストエンドの使節団は、王都ボリスへと向かったが、リウイたちはこの港街に残ることにした。具体的な交渉《こうしょう》は船旅のあいだにまとまっており、王都では国王に挨拶《あいさつ》をし、条約に調印するだけである。いかにイーストエンドの民が外交に不慣《ふな》れとはいえ、リウイが手を貸《か》すまでもない。

いにしえの海賊王バラックの財宝《ざいほう》を探索《たんさく》するための準備《じゅんび》は始められているが、ここでも傍観者《ぼうかんしゃ》の立場だ。余計《よけい》な手出しは無用だと、シヴィルに釘《くぎ》をさされている。

おかげで何もすることがなかった。

数日ほどは買い物をしたり、郷土料理《きょうどりょうり》を食べたり、近郊《きんこう》を観光したりして過《す》ごしたが、それも飽《あ》きた。

ギアースの屋敷《やしき》から外に出る気にもならず、身体《からだ》を鍛《きた》えたり、魔法《まほう》の修行《しゅぎょう》をして日々を過ごした。

そうして暇《ひま》をもてあましているのに、ギアース族長が気を遣《つか》ったのか、

「風呂《ふろ》に行かぬか？」

と、思いもかけぬ誘《さそ》いがきた。

「湯浴《ゆあ》みなら、毎日しているが……」

相手の意図が分からず、リウイは怪訝《けげん》そうに答えた。

「湯で身体を拭《ふ》いているだけでは、心まできれいにはならんぞ……」

ギアースは豪快《ごうかい》に笑う。

「とっておきの風呂を教えてやる。我《われ》ら海の民は、そこで航海の汚《よご》れと疲《つか》れを落とすのだ」

温泉でもあるのかと、リウイは思い、とりあえず承知《しょうち》した。

「おまえの美しい仲間たちにも声をかけてくれ。無論《むろん》、我《わ》がバルキリーにも来てもらう」

ギアースは嬉々《きき》として言うと、返事も待たず去っていった。

ギアースとリウイの会話は、部屋にいる仲間たちにも聞こえていた。

「お風呂……ですか？」

メリッサは大袈裟《おおげさ》にため息をつく。

「他人に裸《はだか》を見られるのが嫌《いや》というわけではありませんが、いやらしい目で見られるのは、あまり……」

ラムリアースの実家にいたときは、湯浴みのときにはいつも侍女《じじょ》が側にいた。旅をしているあいだも、大部屋の片隅《かたすみ》で身体を拭いたり、川や泉《いずみ》で水浴びしたりということも多い。

誰かに裸を見られることもある。それを気にしているようでは、冒険者《ぼうけんしゃ》などやっていられない。だが、むやみに見せるものでもないのだ。

「しかし、族長の招待《しょうたい》だからな。断《ことわ》るわけにもゆくまい」

ジーニが苦笑《くしょう》をもらす。

「あの女騎士《きし》でさえ、我慢《がまん》しているみたいですものねぇ」

アイラがため息まじりにうなずく。

「なんとなくだけど、彼女はギアースのこと、嫌《きら》いじゃないみたい。ま、あたしの勘《かん》だから、当たってるかどうかは分からないけどね」

ミレルが自信なさげに言った。

「とにかく、とっておきの風呂とやらに招待されるとしようぜ。正直《しょうじき》、興味《きょうみ》もあるしな」

なにより、ギアースとゆっくり話をするいい機会かもしれない。

「不本意ですが、これも試練というものでしょう……」

メリッサが胸《むね》の前で手を組み、戦神マイリーに祈《いの》りを捧《ささ》げた。

4

リウイたちが案内されたのは、街からそう遠くない、小さな入江であった。

山の際《きわ》にギアースの別荘《べっそう》があり、そこから渡り廊下《ろうか》が海まで続いていた。

海のすぐ側には小さな建物がふたつあり、そこから灰色《はいいろ》の煙《けむり》が立ちのぼっていた。薪《まき》を燃《も》やしたもので、湯煙ではない。

石を焼き、その熱気が充満《じゅうまん》した部屋に入るのだと、ギアースは得意そうに説明した。

「おまえはオレと一緒《いっしょ》だ」

ギアースは、リウイに言った。

「お爺《じじ》、オレは？」

リッケがあわてて訊《たず》ねる。

祖父《そふ》がシヴィルたちと風呂に行くと聞いて、同行をせがんだのだ。

「おまえは、女たちと一緒に入れ」

「なぜだよ？　オレはもう子供《こども》じゃない！」

少年は全身を激《はげ》しく動かし、抗議《こうぎ》をする。

「おまえは、まだ子供だ。バラックの財宝《ざいほう》を見事《みごと》、持ち帰ってくるまではな」

ギアースは有無《うむ》を言わさぬ口調だった。

少年はうなだれ、シヴィルの手を握《にぎ》る。

どうやら男と女は別に入るらしい。メリッサは、きっと安心したことだろう。

ギアースは護衛《ごえい》さえ連《つ》れてはおらず、またシヴィルも、仲間は呼《よ》んでいない。だから、男はふたりだけである。

何かの意図を感じたが、それはすぐに分かることだ。

全裸《ぜんら》になり、浴室に入ると、物凄《ものすご》い熱気に包まれた。

「くはっ！」

リウイは息苦しさを覚えたが、下手《へた》に呼吸《こきゅう》をすると、肺《はい》まで焼けてしまいそうだった。

「竜《りゅう》の炎《ほのお》を浴びたみたいだ……」

リウイは思わず、手で口を押《お》さえ、鼻からゆっくりと息を吸《す》う。

だが、ギアースは平然としていた。

「水が煮《に》えるほどの温度だからな。だが、すぐに慣《な》れる」

ギアースは、部屋に用意されていた丸椅子《まるいす》にどっかりと腰を下ろす。

「これが、とっておきなのか？」

リウイも呻《うめ》きながら、丸椅子に腰かけた。燃《も》えそうなほどの熱を尻《しり》に感じ、一瞬《いっしゅん》、飛び上がる。

「しばらくすると、汗《あせ》が溢《あふ》れだしてくる。それと一緒に身体《からだ》の毒気《どくけ》も抜《ぬ》けるのだ」

ギアースは愉快《ゆかい》そうに笑った。

リウイは半信半疑《はんしんはんぎ》だったが、熱さに慣れてくると、たしかに爽快感《そうかい》を覚えはじめた。

「思ったほど、傷《きず》がないな……」

リウイの裸体をじろじろと見て、ギアースが不満そうに言った。

「戦神マイリーの神官が仲間にいるからだ。たいていの傷は跡形《あとかた》も残らず治《なお》る。自慢《じまん》できることじゃないが、怪我《けが》なら嫌《いや》というぐらい負《お》ってきた。仲間の戦士と剣《けん》の稽古《けいこ》をしているときが、いちばん多いんだけどな」

「あの赤毛の女だな。我《わ》がバルキリーが憧《あこが》れているらしい。あれだけの体格《たいかく》に生まれたかった、とな」

「我がバルキリー……か」

リウイは思わず苦笑《くしょう》をする。

「シヴィルは誇《ほこ》り高いオランの女騎士《きし》で、どちらかといえば男嫌《ぎら》いだと思っていたんだが、どうやって飼《か》い慣らしたんだ？」

冗談《じょうだん》まじりに訊ねてみる。

「わしが年寄《としよ》りだからだろう。残念だが、あの娘《むすめ》は、わしに男を感じておらんのだ。無論《むろん》、我が孫リッケにもな。これは、わしの経験《けいけん》だが、年上の男を好む女は父親に対し、特別な感情《かんじょう》を抱《いだ》いていることが多い。そういう女は、同年代の男を軽く見るものだ」

「なるほど……」

リウイは深く納得《なっとく》した。さすが百戦錬磨《れんま》の強者《つわもの》である。何人もの女を相手にしてきたことだろう。

「こう言っては失礼かもしれないが、オレの仲間たちは、族長をまだまだ男だと思っているようだ。今回、同行するのも、ちょっと嫌がった」

「そう思ってもらったほうが嬉《うれ》しいわ。わしも、おまえのように女だけを船に乗せて、世界の果てまで行ってみたいものだ」

海賊王と呼《よ》ばれる男は、豪快《ごうかい》に笑った。

だが、すぐに真顔にもどり、

「我がバルキリーは、リッケの命を助けてくれたのだよ……」

と、声を低くして言った。

「許嫁《いいなずけ》であるルーシア王女とともに、王都からこの街まで来る途中《とちゅう》で襲撃されてな。そのとき、たまたま通りがかった我がバルキリーが助けてくれたのだ。おまえは、こういう話を聞きたかったのではないか？」

「恐《おそ》れ入ったな……」

リウイは苦笑まじりに頭をさげる。この老人は、こちらの考えなどお見通しのようだ。

「それにしても、あんたの孫とバイカルの王女が襲《おそ》われたというのは尋常《じんじょう》じゃない。相手はいったい何者なんだ？」

「それが分からぬ。攫《さら》うつもりだったのか、殺すつもりだったのかもな。リッケと王女のいずれを狙《ねら》ったのか、あるいは、いずれもなのか……」

「シヴィルたちは、襲撃者《しゅうげきしゃ》を生け捕《ど》りにしなかったのか？」

もし、その場で全員、斬《き》り倒《たお》したとしたら、冒険者失格《ぼうけんしゃしっかく》である。何人かは生かしておいて尋問するのが定石《じょうせき》というものだ。

「リッケたちを襲撃したのは、王都防衛《ぼうえい》のため国王が雇《やと》い入れた傭兵《ようへい》たちだ。戦《いくさ》が終わり、解雇《かいこ》されていたがな。全員が襲撃前に毒を飲まされていたようで、そのことに気がついたときには手遅《ておく》れだったらしい……」

「襲撃者の口封《くちふう》じまでするとは、ずいぶんと奥《おく》がありそうだな……」

リウイは腕組《うでぐ》みをする。

シヴィルの仲間には、暗黒神《あんこくしん》ファラリスに仕《つか》えている女性《じょせい》がいる。闇司祭《やみしさい》とはいえ、解《げ》毒《どく》の奇跡《きせき》は起こせる。だが、突発的《とっぱつてき》な状況《じょうきょう》で、毒に気づくというのは、まず不可能《ふかのう》だ。猛烈《もうれつ》な熱気を忘《わす》れてしまいそうなほど、由々《ゆゆ》しき話であった。

「聞いておいてなんだが、どうしてそんな重大な話を余所者《よそもの》のオレに？」

「余所者だからこそ、だな……」

ギアースはそう答えると、ゆっくりと立ち上がった。

「ロドーリルとの戦いが終わり、新たな敵《てき》はどうやら国内にいるようだ。シヴィルやおまえのような他国の人間のほうが、無関係ゆえ信用できるということだ」

その言葉は、リウイを納得させた。

ギアース族長は豪快なだけでなく、老獪《ろうかい》さも持ち合わせているということだ。ある意味、シヴィルたちをうまく利用しているともいえる。彼女のほうも使命を果たすには、ギアースの協力は不可欠だから、喜んで利用されていることだろう。

「オーファンの王子、おまえにも期待してよいかな？」

老人が探《さぐ》るような視線《しせん》を向けてくる。

「無論《むろん》だ。できるかぎりの協力はさせてもらう」

リウイは、力強く答えた。

「感謝《かんしゃ》する」

ギアースはわずかに頭を下げた。

「もうひとつ、聞いていいかな?」

「なんだ?」

「族長はシヴィルの提案《ていあん》がなくても、バラックの財宝《ざいほう》を取りにゆくつもりだったと聞いた。嵐《あらし》の海を越《こ》えるための船まで造《つく》って。それは勝算があってのことなのか?」

「決まっておる。大切な我《わ》が孫や船乗りたちの命がかかっておるのだぞ……」

ギアースは激《はげ》しく顔を振《ふ》った。流れでていた汗《あせ》が、辺《あた》りに飛び散る。

「バラックの財宝は、世間ではただの伝説だろうが、わしにとっては違《ちが》うということだ。我《われ》らが偉大《いだい》なる先祖《せんぞ》は、財宝を積《つ》んだ船に乗り、嵐の海を越えたのだ。そして船は二隻《せき》で、一隻は無事に帰還《きかん》している。帰還した船を率《ひき》いていたのは、バラックの息子《むすこ》ジードだ。我が一族は、ジードの直系《ちょっけい》なのだ。そして宝《たから》の在処《ありか》を示《しめ》した地図と、嵐の海を越えた船の図が伝わっておる。おまえが乗ってきた船は、その図をもとに建造《けんぞう》したのだ。イーストエンドへの航海で、船は嵐の海を越えられると確信《かくしん》した。航海はきっと成功する」

「そんなものがあったのか……」

リウイは呆然《ぼうぜん》とつぶやく。

ギアースの答えに驚《おどろ》いたこともあるが、いい加減《かげん》、頭がのぼせてきたせいもある。

「わしに言わせれば、シヴィルがバラックの財宝があると確信していることのほうが不思議だったわ。その根拠を、あの娘《むすめ》は頑《かたく》なに答えなかったがな」

「シヴィルは、ヴァンという魔術師《まじゅつし》が鍛《きた》えた古代王国期の魔法の武具《ぶぐ》を欲《ほ》しがっていただろう？　それがどこにあるかだけは、オレたちは知っていたんだ。手段《しゅだん》は無論《むろん》、魔法だけどな」

「魔法か……便利な言葉だが、とりあえず納得《なっとく》しておこう。それよりも、ここから出るぞ。いつまでもいると、さすがに死んでしまうからな」

「あ、ああ……」

どうやら汗も出きったらしく、肌《はだ》には塩粒《しおつぶ》が浮《う》かびあがっている。

「ところで、このあとはどうするんだ？　全身が熱くてたまらないんだが？」

リウイはふらふらと立ち上がり、ギアースに続いて浴室の外へ出た。

「そこの海で冷やすのだ。バイカルの海は冷たいぞ」

「今なら、氷水のなかにだって入れそうだ」

リウイはうなずくと青く澄《す》んだ水を湛《たた》える海へ飛びこんだ。

熱気でのぼせ、そこに先客がいることなど、まったく気にもならなかった。

いったん頭まで海水に浸《つ》かり、浮かびあがると、目の前にひきしまった女性《じょせい》の裸体《らたい》があった。無意識《むいしき》に腰《こし》から胸《むね》、そして顔へと視線があがってゆく。
そして目が合った。
オランの女騎士《きし》シヴィルと……
次の瞬間《しゅんかん》、津波《つなみ》が起こるかと思うほどの悲鳴がほとばしった。

第2章　見えざる敵《てき》

1

アルマの港に、大型の櫂船《ガレー》が一隻《せき》、停泊《ていはく》していた。

いにしえの海賊王《かいぞくおう》バラックの財宝《ざいほう》を探索《たんさく》するため、建造《けんぞう》されたものである。

分厚《ぶあつ》い木材で組みあげられ、鉄板《てっぱん》で補強《ほきょう》されている。嵐《あらし》の海を越《こ》えるのに十分な耐久《たいきゅう》力《りょく》を備《そな》えているという。

イーストエンドへの遠征《えんせい》で試験航海は成功し、今は探索に必要な荷物が船倉《せんそう》に運びこまれている。

リウイがその様子を見物していると、

「お久《ひさ》しぶり。この街に来てたのは知ってたけど、なかなか出会えなかったわね」

愛想《あいそ》のいい笑顔《えがお》を浮《う》かべ、ひとりの娘《むすめ》がやってきた。

明るい褐色《かっしょく》の一枚衣《ワンピース》を身にまとい、胸《むね》から膝《ひざ》までの白い前掛け《エプロン》を着けている。

エメルだった。

普通《ふつう》の娘に見えるが、実は暗黒神《あんこくしん》ファラリスに仕《つか》える闇司祭《やみしさい》だ。邪教《じゃきょう》と恐《おそ》れられる教団《きょうだん》に属《ぞく》してはいるが、世界の滅亡《めつぼう》は彼女の望むところではない。欲望《よくぼう》のままに生きつづけるため、彼女はオランの聖剣《せいけん》探索隊《たい》に加わったのだ。もっとも、どういう手段《しゅだん》を使ってかは分からない。

「元気そうだな」

リウイは抱《だ》きつこうとしてきたエメルに、すかさず手を差し出した。

「わたしはいつだって元気よ。好きなように生きてるし、ファラリスの加護《かご》もある。海の民《バイキング》の男たちも荒々《あらあら》しくて素敵《すてき》だしね」

闇司祭である娘は、苦笑《くしょう》まじりに握手《あくしゅ》をする。

「あいかわらずのようだな」

リウイは声をあげて笑った。

彼女の性はまさに奔放《ほんぽう》である。欲望に忠実《ちゅうじつ》なるがゆえに、暗黒神の司祭になれたのだ。

「それにしても、あなたってば、シヴィルを怒《おこ》らせるの上手《じょうず》ね。さっき、もどってきたと思ったら、顔を真《ま》っ赤《か》にして怒鳴《どな》りちらしていたわ」

「裸《はだか》をまじまじと見てしまったからなぁ。危《あや》うく決闘《けっとう》になるところだったぜ」

リウイは、ため息をもらす。

どう考えても不可抗力《ふかこうりょく》なのだが、それで納得《なっとく》してくれる相手ではない。平謝《ひらあやま》りに謝り、ジーニにもあいだに入ってもらい、なんとか治めることができた。

「とことん相性《あいしょう》が悪いのね……」

エメルは妖《あや》しく微笑《ほほえ》むと、耳許《みみもと》に顔を寄《よ》せてきた。

そして、

「あなたほどの男なら、あんな生娘《きむすめ》ひとり、簡単に手懐《てなず》けられるんじゃないの？　一度、押《お》し倒《たお》してみたら？」

と、囁《ささや》く。

「恐ろしいことを言うな……」

リウイは思わず、身震《みぶる》いした。

「そんなことをしてみろ。下手《へた》をしたら一生、命を狙《ねら》われるし、上手《うま》くいっても一生、つきまとわれそうだ。どっちにしても、ごめんだぜ」

「たしかに、あの娘なら、それぐらいやりかねないわね」

エメルは口に手を当てて笑った。

「貞操《ていそう》なんて、至高神《しこうしん》ファリスの教団が、勝手に決めただけなのにね」

「発言が危《あぶ》ないって……」

リウイは周囲をうかがったが、幸《さいわ》い、近くには誰《だれ》もいない。

皆《みな》、忙《いそが》しそうに働いている。

そのなかでも、いちばん忙しそうにしているのは、ひとりの少女だった。新緑色のドレスに身を包み、赤っぽい金髪《きんぱつ》を邪魔《じゃま》にならないように束《たば》ねている。鼻《はな》のあたりにはわずかな雀斑《そばかす》があり、頬《ほお》が熟《じゅく》した林檎《りんご》のように紅潮《こうちょう》していた。

籠《かご》のなかの小動物のようにくるくると動き回り、男たちに指示《しじ》を与《あた》えているが、どちらかといえば、作業の邪魔になっているようにも見える。

「あの女の子は、誰なんだ?」

リウイはエメルに訊《たず》ねた。

「話は聞いていない? バイカルの第三王女ルーシア様よ。ギアース族長の孫《まご》リッケ様の許嫁《いいなずけ》として、この街にやってきたの」

「あの子が王女なのか? ずいぶん活発なんだな」

想像《そうぞう》していたのとはだいぶ違《ちが》うと、リウイは思った。

「物心ついたときには、もうバイカルとの戦《いくさ》がはじまっていたんだもの。大人しいだけのお姫様《ひめさま》ではないわ。でも、すごくいい子よ」

エメルは微笑むと、目を細めて少女を見つめる。

「そうみたいだな……」

少女に無茶苦茶《むちゃくちゃ》な指示を出されても、海の男たちは笑いながら、それを聞いている。

「だが、彼女は命を狙われているかもしれないんだろ？　こんなところにいたら、危ないんじゃないか？」

「ここにいる男たちは信頼《しんらい》していいと思う。仲間たちも見張《みは》っているしね」

そう答えて、エメルは周囲に視線《しせん》を走らせた。

彼女の視線の先を追うと、オラン聖剣探索隊《せいけんたんさくたい》の男たちが、要所で警戒《けいかい》しているのが見えた。シヴィルの家に仕える執事《しつじ》にして密偵《スカウト》のスマック。オランの兵士で、騎士《きし》を目指《めざ》しているダニロ。そして天才と謳《うた》われる少年魔術師《まじゅつし》のアストラの三人である。

「抜《ぬ》かりはなさそうだな……」

リウイはうなずくと、少女のもとへ近寄《ちかよ》っていった。

「はじめまして」

そして笑顔で挨拶《あいさつ》する。

「どなたでしょうか？」

ルーシア王女はスカートの裾《すそ》をつまみ、かるく膝《ひざ》を折って挨拶を返しながら、訊ねてきた。

リウイは少女に、オーファンの王子リウイと名乗った。

「オーファンの王子様？　ぜんぜん、そうは見えないけど……」

言いかけて、あわてて自《みず》らの口を手で隠《かく》す。

「国を出て、放浪暮《ほうろうぐ》らしが長いからな。道楽者の親父《おやじ》に命じられて、古代王国期の魔法の武具《ぶぐ》を探《さが》し求めているんだ」

「そうなのですか……」

ルーシア王女は、表情《ひょうじょう》を曇《くも》らせた。

「気遣いなら無用だ。今の暮らしのほうが性《しょう》に合ってるようで、楽しんでいるぐらいなんだ」

「わたしもです！　お城《しろ》にいたときより、ずっと楽しい！」

少女が勢《いきお》いこんで言った。

「リッケ様も、おられますしね」

エメルがからかう。

「そ、そんな……」

王女は顔全体を真っ赤にさせたが、素直《すなお》にうなずいていた。

（たしかに、いい子だな）

リウイは心底、思った。

海の民として、生きる決意をしているのだろう。次の族長となるリッケのことが大好きなのも、今の反応《はんのう》で分かった。だが、ふたりは何者かに命を狙《ねら》われている。その理由も、相手の正体も分かってはいない。

ギアース族長は、バイカルの内部に敵《てき》がいると考えている。それゆえ余所者《よそもの》であるシヴィルやリウイに期待しているのだ。リッケとこの少女を守ることをである。

しかし、リッケのほうは、まもなく財宝《ざいほう》探索の航海に発《た》つ。ルーシア王女は陸に残るから、ふたりを同時に守ることはできない。

自分たちは陸に残ろうかと一瞬《いっしゅん》、思ったが、すぐ思い直した。より危険《きけん》なのは、やはり嵐《あらし》の海に挑《いど》むリッケのほうである。

今のシヴィルたちなら、信頼していいと思うのだが、海のうえではどのような不測《ふそく》の事態《たい》が起こるともしれない。

航海に出たあとのルーシア王女の警護《けいご》は、ギアース族長に任《まか》せるしかない。

しかし、今なら手伝えることがある。

「力仕事は得意なんだ。どの荷物を運べばいいか教えてくれないかな？」

リウイは王女に笑いかけた。

「他国の王族に荷物運びをさせたと知れたら、父に叱《しか》られます」

ルーシアはあわてて答える。

「そんなことは気にしないでいい。この樽《たる》でいいかな？」

リウイはそう言うと、ぽつんと離《はな》れたところにあった樽をひょいと肩《かた》に担《かつ》いだ。

「そ、それは……」

ルーシアはあわてたような表情になる。

「ずいぶん軽いな。空《から》なのか？」

リウイは樽を振《ふ》って、何も音がしないのを確《たし》かめた。

「リッケ様のための荷を、いろいろ入れてあげようと言ってたのよね？」

エメルは笑《え》顔《がお》を浮《う》かべ、ルーシアにうなずきかける。

「えっ……あっ……はい！」

ルーシアはすこし戸《と》惑《まど》ったが、最後は恥《は》ずかしそうに首を縦《たて》に振った。

「そういうことか……」

リウイはわずかにひっかかるものを感じたが、詮《せん》索《さく》することでもないので、すぐに樽をもとにもどした。

「ここは、わたしたちに任せてくれないかしら？　あなたに手伝ってもらったことがシヴィルに知れたら、彼女の機嫌《きげん》がますます悪くなりそうだから……」

エメルが遠慮《えんりょ》がちに声をかけてきた。

「それもそうだな」

リウイは、この場から去ることに決めた。

もっとも、仲間たちは今、街中に散らばって情報《じょうほう》集めに奔走《ほんそう》しているので、何処《どこ》にいるのか分からない。かといって、ひとりだけのんびりしているというのは気が引ける。

それならと、リウイは考えを決めた。

居場所《いばしょ》がはっきりしている仲間が、ひとりだけいるのだ。

竜司祭《ドラゴンプリースト》の娘《むすめ》ティカである。

いつものように街からそう遠くない場所で、クリシュの世話をしてくれている。

イーストエンドからここまでも、クリシュとともに飛んできたのだ。エア湖畔《はん》の小部族の出身である彼女にとっては、まったく知らない土地であり、大変な苦労だったろう。

どんな苦労も、竜司祭としての修行《しゅぎょう》になると喜んでいるが、やはり労《ねぎら》ってやらなければと思う。

（なにか美味《うま》いものでも、買ってゆくとするか……）

リウイは心のなかでそうつぶやくと、港を後にした。

2

ティカとクリシュが身を潜《ひそ》ませているのは、アルマの北側にある渓谷《けいこく》であった。左右の崖《がけ》が崩《くず》れ、大小の岩で谷底が埋《う》まっている。

谷川は岩の下で伏流となり、岩屋が無数に形成されている。

そのなかでももっとも大きな岩屋のひとつに、クリシュはその巨体《きょたい》を潜ませていた。硫《い》黄《おう》の臭《にお》いが、辺《あた》りに満ちている。

岩屋を潜《くぐ》り、あるいは岩を乗り越《こ》えて、リウイはティカとクリシュのもとへやってきた。

「珍《めずら》しい……」

ティカは驚《おどろ》いたように、リウイを出迎《でむか》えると、ぎこちない笑顔を浮かべる。

「魔《ま》法《ほう》を使わなければ、とても来られなかったぜ。隠《かく》れ家《が》としては絶好《ぜっこう》だけどな……」

息が切れていたのを整えてから、リウイは言った。

「そうでも……ないわ」

ティカは一言一言、言葉を確《たし》かめるように答える。人間の言葉を思い出し思い出し話しているといった感じだ。

「ここは……足下《あしもと》を流れている……谷川の水が……冷たすぎる」

ティカが属《ぞく》するエア湖畔《こはん》の小部族ブルムは、神々ではなく、竜族《りゅうぞく》を信仰《しんこう》している。

エア湖の周辺には大昔から、竜が数多く棲息《せいそく》しており、そのなかには人間を餌《えさ》にするものもいた。そこで竜を鎮《しず》めるため、生贄《いけにえ》が捧《ささ》げられるようになり、やがて竜を守護者《しゅごしゃ》として崇《あが》めるようになったのだという。

イーストエンドの民《たみ》が、かつて蛇神《じゃしん》ヤヅチを崇拝《すうはい》していたのと同じである。

竜崇拝はやがて竜信仰となり、竜の力を体得した竜司祭《ドラゴンプリースト》が出現《しゅつげん》する。竜司祭たちは、その魔力で人間と竜とを共存《きょうぞん》させつつ、自《みずか》らは竜として転生することを目指《めざ》しているという。

先のブルム族の族長クリシュも、そんな竜司祭のひとりであった。

当時、エア湖の周辺に栄《さか》えていたモラーナ王国の謀略《ぼうりゃく》にかかり、ブルム族の集落は襲撃《しゅうげき》され、大勢《おおぜい》の民が命を落とした。

復讐《ふくしゅう》に燃《も》えたクリシュは竜に変化《へんげ》し、モラーナ王国の王族を皆殺《みなごろ》しにしていった。そしてモラーナ王国は滅亡《めつぼう》し、湖岸の王国ザインが興《おこ》る。

それでも、クリシュの怒《いか》りは収《おさ》まることなく、オーファンの前身ファン王国へと嫁《とつ》いでいた王妃《おうひ》メレーテの命を狙《ねら》って、ファンの街へと飛来《ひらい》した。

当時のファン王国は、メレーテを娶《めと》ってすぐ国王が崩御《ほうぎょ》したため、正統《せいとう》な世継《よつ》ぎもなく、王位継承権《けいしょうけん》をもつ有力貴族《きぞく》たちが権力闘争《とうそう》を繰《く》り広げており、とてもではないが王妃を守れる状況《じょうきょう》ではなかった。

そこで傭兵《ようへい》が募集《ぼしゅう》され、そのなかにリウイの実父《じっぷ》リジャールもいた。

リジャールは魔術師《まじゅつし》カーウェスやジェニ司祭、そして人々には知られていないが、リウイの実母《じつぼ》であるハーフエルフの精霊使《せいれいつか》いらを伴《ともな》い、エア湖に浮《う》かぶ小島で、クリシュの変身竜と伝説的な死闘を演《えん》じたのである。

そしてクリシュを倒《たお》したのだが、それは彼にとって転生の儀《ぎ》式《しき》の完成でしかなかった。

クリシュは竜の卵《たまご》となり、二十年の時を経《へ》て孵《ふ》化《か》したのである。それが今、目の前にいる赤い鱗《うろこ》の幼竜《ドラゴンパピー》だ。リウイは生まれたてのクリシュと戦い、竜の爪《つめ》を埋《う》めこむことで支《し》配《はい》した。

だが、その支配は永遠《えいえん》に続くわけではない。この幼竜が成竜《せいりゅう》として脱皮《だっぴ》するとき、解《と》けるのである。そのときには、ふたたびクリシュと戦わなければならないのだ。

「土産《みやげ》を持ってきたんだ……」

リウイは担《かつ》いできた荷物を岩のうえに広げた。

魚を塩漬《しおづ》けにしたものや、数種の木苺《きいちご》、それから薫製肉《くんせいにく》、葡萄酒《ぶどうしゅ》や麦酒《エール》、絞《しぼ》りたての果《か》汁《じゅう》の入った容器《ようき》もある。

「これは？」

怪訝《けげん》そうに、ティカが訊《たず》ねてくる。

「食べ物に飲み物さ。決まっているじゃないか」

リウイは苦笑《くしょう》を漏《も》らす。

「ああ……」

ティカは、しばらくたって、思い出したというように、うなずいた。

「これは……人間の食べ物だわ……修行《しゅぎょう》の妨《さまた》げになる……」

「たまにはいいじゃないか？　息抜《いきぬ》きも必要だぜ」

リウイはそう言って、魚の塩漬けをナイフで切りわける。

一切れを口に入れ、小さな樽《たる》に入った麦酒《エール》を酒杯《しゅはい》に注《つ》ぎ、一気に呷《あお》る。麦酒は温《ぬる》かったが、苦労して谷を登ってきただけに格別《かくべつ》の美味《うま》さがあった。

その様子を見て、ティカも仕方ないというように魚を口に入れる。

「辛《から》いわ……」

そう言って、顔をしかめた。

普段《ふだん》の彼女は、幼竜クリシュと同じものを食べている。つまり、屠《ほふ》ったばかりの家畜《かちく》や狩《か》ったばかりの獲物《えもの》の生肉である。

塩や香辛料《こうしんりょう》を使った料理は、最近ではまったく口にしていない。

「それも修行の成果なんだろ？」

リウイが訊ねると、ティカは静かにうなずいた。

「わたしにとって……もう食事は……生きるための手段じゃないから……」

「竜《りゅう》と同じ、ということか？」

何も食べなくても、竜が死ぬことは実のところない。幻獣《げんじゅう》、魔獣《まじゅう》に見られる特徴《とくちょう》だ。

ただ竜の場合は、空腹《くうふく》になると、知性《ちせい》が衰《おとろ》え、本能《ほんのう》のままに行動するようになる。そうなった竜は、もっとも危険《きけん》な生き物といえる。

年老《お》いて、知性を得た竜は、静かに生きることを望むものが多い。それゆえ定期的に狩りを行い、空腹を満たすのだ。

普段は眠《ねむ》ってばかりいる竜にとって、獲物の数はさほど多く必要ではない。

幼竜のほうが、遥《はる》かに多くの量を食べるそうだ。

「ティカは、このまま修行を続けて、竜に転生するつもりなのか？」

リウイはためらいながらも訊ねてみた。

「集落にいるときは……そこまで考えたこともなかった。竜司祭の修行はしていたけれど……竜の翼《つばさ》を得て、空を飛べればいいぐらいに思っていた」

「今じゃ、竜人の姿《すがた》にはなれるよな？　竜に変身できるようになるのも、もうすぐなんじゃないか？」

「かもしれない……」

ティカはわずかに不安そうな表情《ひょうじょう》を見せた。そしてリウイが持参してきた葡萄酒を容器のまま呑《の》みはじめる。

「竜司祭の修行をすることは……竜の力を得ることだと考えていた。だけど、それは違《ちが》った。人間であることを捨《す》て、竜に変わってゆくことだった……」

「迷《まよ》っているのか？」

リウイはティカをじっと見つめる。

「正直《しょうじき》に言って……すこし怖《こわ》い。だけど竜に変わってゆくことに喜びもある。空や大地と溶《と》けあうような。肉体から魂《たましい》が解放《かいほう》され、時空を超《こ》えてゆくような……」

竜司祭の娘《むすめ》は空を見上げると、うっとりと目を閉《と》じた。

「クリシュは、わたしを食べたがっている」

ティカは目を開き、赤い鱗《うろこ》の竜を振《ふ》り返る。

「こいつは、魔竜と恐《おそ》れられる火竜《ファイアドラゴン》種で、しかも戦いのなかで、人の味を覚えてしまっているからな」

「獲物として求められつづけていると、あげてもいいかなという気になる。いいえ、もしかしたら、もう食べられてしまったのかもしれない。人間であることを失い、竜に変わってきているわけだから……」

不思議な衝動《しょうどう》に突《つ》きあげられ、リウイはまだ言葉を続けようとする竜司祭の娘を抱《だ》きしめた。

その勢《いきお》いを支《ささ》えきれず、ティカは岩の上に仰向《あおむ》けに倒《たお》れる。リウイは岩に腕《うで》をついて自らの身体《からだ》を支え、彼女を見下ろした。見上げてくる視線《しせん》と交《ま》じりあう。

「リウイ？」

ティカは静かに微笑《ほほえ》んだ。

「人間として……わたしを……求めてくれるの？」

彼女の衣服はぼろぼろで、胸《むね》や腰《こし》などをわずかに覆《おお》っているにすぎない。

「いや、オレは……」

リウイは我《われ》に返って、あわてて居住《いず》まいを正した。

「悪かったな。なんか、このまま消えてしまいそうな気がしたから……」

ティカは小さく首を横に振ると、ゆっくりと身体を起こす。

そしてリウイを見つめた。

その瞳《ひとみ》は、瞳孔《どうこう》が縦《たて》に開いている。

竜《りゅう》の瞳であった。

「あなたがクリシュを支配《しはい》したとき、わたしもまたあなたに支配されたものと思っている。何を命じられても従《したが》うけれど？」

「オレのほうは、ティカを支配したつもりはない。オレたちは仲間じゃないか。クリシュを任《まか》せっきりで、いつも一緒《いっしょ》にいられないのは申し訳《わけ》ないと思っているが……」

「それは気にしないで。わたしが望んだことでもあるし……」

「数日のうちに、オレたちは航海にでる。今回はティカも一緒に来ないか？　クリシュはオレの命令には絶対に従う。ここで何日でも待っている。羊を数頭も繋《つな》いでおけば、空腹《くうふく》になることもない」

リウイはクリシュに視線を向けながら言った。

クリシュの目は薄暗《うすくら》がりのなかで、燃《も》えるように赤く光っていた。

この幼竜は、いつも不満を抱《いだ》いている。人間を喰《く》えない不満。本能のままに殺戮《さつりく》できない不満……

「命令なら従う。でも、誘《さそ》っているのなら、遠慮《えんりょ》しておく。船は好きじゃないし、知らない人間には近寄《ちかよ》りたくもない……」

ティカは、首を横に振った。

「そうか。船が嫌《きら》いなら、無理強《むりじ》いするわけにもゆかないな……」

リウイは大きくため息をついた。

「それじゃあ、航海から帰ってきたら、またここに来る。今度は、着替《きが》えの服を用意しておくから……」

そう言って、ゆっくりと立ち上がる。

「リウイ……」

そして立ち去ろうとすると、ティカが遠慮がちに呼《よ》び止めた。

「どうした？」

リウイは笑顔で振り返る。

「……クリシュのことだけど、もうすぐ成竜になると思う」

「なんだって⁉」

リウイはさすがに動揺《どうよう》を覚えた。いつか、その日が来るのは分かっていた。しかし、もっと先のことだと思っていた。

「いつぐらいなんだ？」

と、ティカに詰《つ》め寄《よ》ってゆく。

「そこまでは分からない。今日、明日ではないけど……」

「もし、オレがいないとき、クリシュが成竜になったら、どうなるんだ？」

「荒《あ》れ狂《くる》うと……思う。わたしは間違《まちが》いなく喰われてしまうし、近くの人里も襲《おそ》われるかもしれない。そして、あなたを殺すため、探《さが》しまわるはず」

「それは……大問題だな」

リウイは呻《うめ》いた。

しかし、それを覚悟《かくご》のうえで、クリシュを殺さず、支配するほうを選んだのだ。

「成竜になる予兆《よちょう》みたいなものは分かるかな？」

「脱皮《だっぴ》がはじまるときには、全身の鱗《うろこ》が白っぽくなると聞いている。そうなったら、十日とかからない」

「予兆がはじまったら、すぐオレに知らせてくれ」

「わかった……」

ティカはうなずいたが、まだ何か言いたそうだった。

「他にもあるなら、言ってくれ」

そう話を促《うなが》す。

「呪縛《じゅばく》の島に行ったとき、クリシュは火山の火口で身を休めたでしょ？　あのときに急成長している。だから、もう一度、火山に連れてゆけば、脱皮するきっかけになるかもしれない」

「いつ脱皮がはじまるか不安でいるより、そのほうが話が早いかもしれないな……」

リウイは一瞬《いっしゅん》、思案してから、そう結論《けつろん》をだした。

「幸《さいわ》いというべきか、神の心臓《しんぞう》と呼ばれる火山島に、ヴァンが鍛《きた》えた武具《ぶぐ》がひとつあったからな。ここからなら、海路を使って、そう遠くもない。バラックの財宝《ざいほう》が片《かた》づいたら、そこへ向かうとしようぜ」

心が決まると、急に気分が楽になった。

成竜となったクリシュとの対決が、楽しみでさえある。

「それじゃあ、またな……」

ティカに手を振《ふ》って、リウイは渓谷《けいこく》を降《お》りはじめる。

竜司祭の娘《むすめ》も手を振り返し、見えなくなるまでその姿《すがた》を追いかける。

そして、

「さよなら……」

と、小声でつぶやいた。

3

リウイが街に帰ったのは、完全に日が暮《く》れてからだった。

ギアースの屋敷《やしき》の与《あた》えられた部屋に入ると、四人の仲間たちは先に帰ってきていた。

夕食の用意はできていたが、手をつけた様子はない。

「おかえり！」

ミレルが明るい笑顔《えがお》でリウイを出迎《でむか》え、太い右腕《みぎうで》をとって胸《むね》に抱《かか》える。

ジーニ、メリッサ、アイラの三人も、集まってきた。

「ひとりで、どこに行ってたのよ？」

アイラが不満そうに訊《たず》ねてくる。

「ティカのところへ行ってきたんだ……」

リウイはそう切りだすと、クリシュが成竜《せいりゅう》になる日が近いことを、彼女らに告げた。

「いよいよってこと？」

アイラがかすれた声になり、自らの肩《かた》を抱《だ》いてぶるっと身震《みぶる》いする。

「そのせいだと思うんだが、ティカもちょっと不安定な印象を受けたんだ。なんというか、今すぐにも竜に変身して、飛んでいってしまいそうだった……」

「リウイが、彼女にクリシュを押《お》しつけて、知らん顔してたからよ」

ミレルが容赦《ようしゃ》なく言った。

「それを言うなら、わたくしたちも同じでしょう？　彼女に甘《あま》えすぎていたかもしれませんね」

メリッサが黒髪《くろかみ》の少女をたしなめる。

「でも、彼女にとっては、あれが修行《しゅぎょう》なんでしょ？　それに、どんどん人間離《ばな》れしてゆくから、最近、なんだか怖《こわ》くて……」

ミレルは申し訳《わけ》なさそうに言う。

「そうなるまえに、引き止めるべきだったのかもしれないな……」

ジーニが呪払《のろいばら》いの紋様《もんよう》をなぞりながら、ぼそりとつぶやく。

「オレは自分が好きなように生きてるから、他人にあれこれ言うのは苦手なんだ。らしくない生き方をしていると思えば、別だけどな」

そういうときには、余計《よけい》な世話だと知りつつ、ついつい口を出してしまう。それで相手を怒《おこ》らせたことも、一度や二度ではない。

「ティカさんは、らしく生きてると、わたしたちは思っていたものね……」

アイラがうなだれるようにうなずく。

「人の生き方はひとつではないということですわ。信仰《しんこう》を極《きわ》めることもそのひとつですが、それ以外の生き方もありますもの……」

メリッサがしみじみと言った。彼女自身、いろんな選択《せんたく》をして今がある。後悔《こうかい》などしていないが、別の生き方もあったはずだ。

「とにかく、次の目的地は決まったってことさ。この航海が終わりしだい、神の心臓《しんぞう》へと向かう」

リウイが言うと、四人の女性《じょせい》は、思い思いの表情《ひょうじょう》でうなずきかえしてきた。

「今は先のことより、この国のことだ。何か摑《つか》んだことはないか？」

リウイは四人を見回す。

「手分けして、いろいろあたってみたんだけどね……」

ミレルが無念そうな表情で話しはじめる。

「戦争で海の民が受けた損害《そんがい》はかなりのものね。働き手を多く失って、畑は荒《あ》れ果て、漁獲量《ぎょかくりょう》も減《へ》っている。もちろん、海賊《かいぞく》や交易《こうえき》での収入《しゅうにゅう》もね……」

バラックの財宝《ざいほう》を持ち帰ろうとしているのも、その窮状《きゅうじょう》を打開するためだ。

「そのせいで、海の民の人々は、陸の民《たみ》に対する不満を募《つの》らせている。陸の民から略奪《りゃくだつ》すればいいと過激《かげき》なことを言ってる人もいた。あと陸の民を最後まで支援《しえん》したギアース族長に対しても、はっきりとは口にしないけど不信感が募っているみたい」

「ギアース族長が跡継《あとつ》ぎのリッケとルーシア王女を婚約《こんやく》させたのは、海の民と陸の民の対立を解消《かいしょう》するためでもあるんだろうな。幸い王女はリッケのことが大好きみたいだし」

リウイは昼間に出会った少女のことを思い出し、笑顔《えがお》になる。

「その婚約をつぶすには、どちらかを殺すのがいちばん簡単《かんたん》だよね。最悪の場合、ふたつの民のあいだで戦《いくさ》がはじまるかもしれないし」

「それを望んでいる者がいればな……」

リウイはうなずいた。

「海の民にとって、陸の民は盾《たて》となる。もしも両者の関係が崩《くず》れたら、海の民にとって大きな損失《そんしつ》だとギアースは思っている。だから、犠牲《ぎせい》を払《はら》ってでも守り抜《ぬ》いたんだ」

「海の民は強力だが、小さな集落の連合体だからな。陸からひとつひとつ攻《せ》められたら、守る術《すべ》はない」

ジーニが腕組みしながらうなずく。

「海の民の人々もそれは分かっているのでしょうが、感情の問題ですものね。自分たちが直接《ちょくせつ》、攻められたのなら犠牲が出たことも納得《なっとく》できたのでしょうが……」

メリッサがため息をつく。

「おまけに海の民は集落ごとの独立性《どくりつせい》が高いしな」

族長ギアースは強力な指導者《しどうしゃ》だが、それでも絶対《ぜったい》的な権力《けんりょく》はない。バイカル王の権威《けんい》は、彼にとっても、大きな後ろ盾なのだろう。

「ギアース族長は、敵《てき》は内にいると思っているようだ。だとすると、いちばん怪《あや》しいのは、ギアースの一族が絶《た》えたとき、族長になるダールという一族の者ってことになる。しかし、その跡継《あとつ》ぎのラムスは、今回の航海に参加を申し出た。何か企《たくら》んでいるのかもしれないが、危険《きけん》をおかす必要まであるとは思えないんだよな……」

「そのラムスだけど、噂《うわさ》を聞くかぎりでは、なかなかの人物ね。天才的な吟遊詩人《ミンストレル》で、どうやら呪歌《バード》唄いでもあるみたい。船乗りとしても、莫大《ばくだい》な富《とみ》を稼《かせ》いでいるようね。知略《ちりゃく》を使って、ムディールの武装《ぶそう》商船から積荷を奪《うば》ったという噂も流れていたわ」

アイラが事務《じむ》的な口調で報告《ほうこく》した。

彼女の実家が営《いとな》むアウザール商会の力は、このバイカルにも実は及《およ》んでいる。秘密《ひみつ》の航路があり、貿易《ぼうえき》を行っているのだ。

「その話を聞くかぎりでは、まだ幼《おさな》いリッケより、海の民をまとめるのに相応《ふさわ》しいと、誰《だれ》もが思うよな」

「実際《じっさい》、ラムスを次の族長に推《お》す声もあがっているみたいよ。ギアースが健在《けんざい》な今は、そう大きなものではないけれどね」

「リッケが死ねば、ラムスが次の族長だ。それなら、危険な航海に同行する必要はないよな。失敗すれば、彼の汚点《おてん》にもなるし、死んでしまえば元も子もない。成功したら、リッケが族長を継ぐ後押しになるだけだし、航海の途中《とちゅう》でリッケが死んで、ラムスだけが生きて帰ることがあれば、たとえそれが彼の仕業《しわざ》でなくても、疑《うたが》いの目を向けられる。どう考えても得にはならない」

「そうなのよね……」

リウイの言葉に、アイラは相槌《あいづち》を打つ。

「あたしたちが集められたのは、そんなところ。悔《くや》しいけど、相手の次の動きを待つしかないみたい」

ミレルが悔しそうに唇《くちびる》をかむ。

「勝手の分からない土地で、それだけ調べられただけでもたいしたものさ」

リウイは仲間たちを労《ねぎら》った。

「さて食事にしようぜ。待たせてしまって悪かったけどな」

「そうだよ。もうすっかり冷めちゃったよ」

ミレルが頬《ほお》をふくらませる。

しかし五人が食卓《しょくたく》に移《うつ》ろうとしたそのとき——

「大変なの！」

突然《とつぜん》、扉《とびら》が開き、ひとりの少女が部屋に飛び込んできた。

「ルーシア王女？」

リウイは驚《おどろ》いて、少女を見つめる。

昼間出会ったときと同じ服装《ふくそう》だが、前掛《エプロン》けだけは外《はず》していた。

「何か、あったのか？」

リウイはあわてて少女に駆《か》け寄《よ》る。

「港で荷運びをしていた人たちが、何人も倒《たお》れたの。今日の仕事を終えて、積荷から麦酒《エール》を盗《ぬす》み飲みしたみたいで……」

ルーシアはリウイに飛びつくと、服を摑《つか》んで見上げてきた。

「なんてこった」

リウイは、思わず頭を抱《かか》えたくなった。毒が入れられたのだと、直感で思う。

「シヴィル様とエメル様は、すでに港に向かっておられます。わたしはエメル様から言《こと》づかって……」

「よく知らせてくれたな」

リウイはルーシア王女の肩《かた》に手をかけると、膝《ひざ》を曲げ視線《しせん》の高さを合わせてから、笑顔《えがお》でうなずいた。

「王女はシヴィルたちが帰ってくるまで、この部屋にいるんだ。そこにいる大きなお姉さんと眼鏡《めがね》のお姉さんが、一緒《いっしょ》にいてくれるから」

「分かり……ました」

ジーニやアイラとは初対面なので不安は隠《かく》しきれなかったが、王女はふたりに丁寧《ていねい》なお辞儀《じぎ》をする。

ジーニはばつが悪そうに、アイラは商売用の笑みを浮《う》かべて挨拶《あいさつ》をかえした。

そしてリウイはメリッサとミレルを伴《ともな》い、港へと走る。

到着《とうちゃく》すると、現場《げんば》は驚くほど静かだった。だが、騒《さわ》ぎを大きくしなかったのは賢明《けんめい》といえよう。出発前の混乱《こんらん》はできるかぎり、小さくしたい。

停泊《ていはく》している船の側に近づくと、シヴィルとエメルの姿《すがた》が目に入った。

「状況《じょうきょう》は？」

リウイは見るからに不機嫌《ふきげん》そうな表情《ひょうじょう》のシヴィルに声をかけた。

「どうもこうもない……」

ちらりと一瞥《いちべつ》し、吐《は》き捨《す》てるような答えが返ってきた。

「麦酒の入った樽《たる》に毒が仕込まれていたということだ。出発前に発覚したのは、荷役《にえき》の男たちが、盗み飲みしてくれたおかげだな」

「やはり毒か……」

リウイは拳《こぶし》を握《にぎ》りしめる。

「もう一度、すべての積荷を点検《てんけん》しなければならない。出発が三日は遅《おく》れるな」

シヴィルの声は、やり場のない怒《いか》りに震《ふる》えていた。

「動きがあったね」

ミレルがリウイだけに聞こえるよう囁《ささや》きかけてきた。

「犯人《はんにん》をつかまえられるか？」

リウイはミレルの背中《せなか》を軽く叩《たた》いた。

「やってみるよ」

黒髪《くろかみ》の少女は元気にうなずくと、その場からこっそりと立ち去る。

「あれほど用心していたのにね……」

エメルが重苦しい声でつぶやく。彼女には珍《めずら》しく、ひどく衝撃《しょうげき》を受けている様子だった。

「酒樽《さかだる》が運びこまれたのは？」

リウイは、エメルに訊《たず》ねる。

「麦酒は新鮮《しんせん》なものがいいということで、今日、積み込んだわ。酒場から届《とど》いたのも今日……」

「どの樽が運びこまれるかは分かっていたのか？」

リウイが訊ねると、エメルは静かに首を横に振《ふ》った。

「スマックが樽の具合を確《たし》かめて選んできたのよ。酒場でも、どれが船に運び込まれるか分かっていなかったでしょうね」

「酒場で人が倒れたなんて話も聞いていないしな……」

つまり、港に運びこまれてから、毒が入れられたということになる。

敵《てき》は、すぐ近くにいるのだ。

だが、その姿《すがた》はいまだ見えない。

第3章　出航《しゅっこう》

1

アルマの港に係留《けいりゅう》されている大型船の前に、大勢《おおぜい》の人々が集まっていた。

人々の表情《ひょうじょう》には、緊張《きんちょう》がうかがえる。

三日前、酒樽《さかだる》に毒《どく》が入れられていることが判明《はんめい》し、念入りな点検《てんけん》作業が行われた。

毒が入った積荷は他には見つからなかったが、それだけで安心できるわけではない。この航海を妨害《ぼうがい》しようとしている〝敵《てき》〟の存在《そんざい》は明らかである。しかも、その正体はいまだ知れていない。

元盗賊《とうぞく》のミレルがオラン聖剣探索隊《せいけんたんさくたい》の一員でやはり元盗賊のスマックと協力して、調査《ちょうさ》を行ったが、犯人《はんにん》を見つけることはできなかった。

「この街に盗賊ギルドがあったら、簡単《かんたん》に情報《じょうほう》が入ったのに……」

ミレルは不機嫌《ふきげん》だった。

この三日、ほとんど不眠《ふみん》不休で動きまわったのに、報《むく》われなかったのが悔《くや》しくてならないのである。

盗賊ギルドは非《ひ》合法《ごうほう》な集団《しゅうだん》ではあるが、ほとんどの王国は存在を黙認《もくにん》している。そのほうが裏《うら》社会の統制《とうせい》が容易《ようい》になるし、情報網《もう》も利用できるからだ。

「海の民《バイキング》は、氏族社会だからな……」

リウイがミレルをなぐさめる。

オーファンやオランでは、身分が定められ、職業《しょくぎょう》が分化しているが、ここは街全体が大家族のようなものだ。

生活に必要なものは大半、自給しているし、あとは船乗りたちが世界中に乗りだし、富《とみ》を稼《かせ》いで帰ってくる。海の民は、古代王国の支配《しはい》から脱《だつ》したあと、そうした暮《く》らしを五百年以上、続けてきたのである。

「毒を仕込んだのが外部の人間だったら、航海に出てしまえば問題はなくなる。だが、犯人が船乗りのなかにいる可能性《かのうせい》も否定《ひてい》できないしな……」

今回の航海に参加するのは、海の民の各氏族から有志《ゆうし》で参加した熟練《じゅくれん》の船乗りである。その数は五十人を超《こ》えている。その中に、この航海を失敗させたいと企《たくら》んでいる者が、いるのかもしれない。

しかし、厳《きび》しく追及《ついきゅう》すれば、船乗りたちに疑《ぎ》心暗鬼《しんあんき》を抱《いだ》かせることになる。危険《きけん》な航海を成功させるには、全員の協力が必要不可欠《ふかけつ》なのだ。用心するに越《こ》したことはないが、むやみに疑《うたが》ってかかるわけにもゆかないのだ。

「とにかく、この航海を成功させることだ。莫大《ばくだい》な財宝《ざいほう》を持って帰れば、問題は解決《かいけつ》するはずだしな」

ロドーリルとの戦《いくさ》で命を落とした海の民の戦士の遺族《いぞく》は補償《ほしょう》され、陸の民《たみ》やギアース族長に対する不満も解消する。族長の跡継《あとつ》ぎとしてのリッケの立場は確《たし》かなものになり、あとは彼が大人になるのを待つだけである。

「さあ、海の男たちよ、船出の時だ！」

ギアースがひときわ大きな樽のうえに立ち、船乗りたちを激励《げきれい》した。

「我《われ》ら海の民の偉大《いだい》な祖《そ》バラックは、世界の海を乗り越え、莫大な財宝を集めた。そしてその財宝は嵐《あらし》の海の彼方《かなた》に眠《ねむ》っている。我らがいつか苦難《くなん》の時代を迎《むか》えたときのために、だ。そして今こそが、そのときなのだ！　財宝を目覚めさせ、持ち帰るのは決して容易《たやす》いことではあるまい。だが、選ばれし海の民の男であるおまえたちなら、きっとやり遂《と》げよう。そしてその武勲《ぶくん》は、永遠《えいえん》に謡《うた》い継がれるのだ」

ギアースの演説《えんぜつ》は力強く、海の民の船乗りたちは、本来の荒々《あらあら》しい性《さが》を思い出したかのように雄叫《おたけ》びとともに拳《こぶし》を空に向けて突《つ》きあげた。

酒に酔《よ》ったように、顔が赤くなっている。

「オレが、この船の長《おさ》として、おまえたちの命を預《あず》かる……」

ギアースに代《か》わって、リッケが即席《そくせき》の演壇《えんだん》にあがった。

強気な言葉だが、その表情《ひょうじょう》は強張《こわば》っており、足は震《ふる》えている。

それを見て、船乗りたちが遠慮《えんりょ》のない笑い声をあげた。

「わしらの命の重さで、潰《つぶ》れんようにな！」

誰かが大声で囃《はや》す。

リッケはうつむき、黙《だま》りこんだ。

と、彼の背後《はいご》に、ひとりの女性《じょせい》が立った。オラン聖剣探索隊の隊長シヴィルである。

例のごとく、鱗鎧《スケイルメイル》を身に着けている。勇気を司《つかさど》る精神《せいしん》の精霊《せいれい》、戦乙女《バルキリー》の装束《しょうぞく》だ。

今日は曇《くも》っているので、金箔《きんぱく》をほどこされた鎧《よろい》の輝《かがや》きは鈍《にぶ》かったが、若《わか》い肌《はだ》はそれでも眩《まばゆ》いほどの白さである。シヴィルはリッケの肩《かた》に左手をそっと置くと、右手に持っていた剣を頭上で振《ふ》りかざした。

「勇敢《ゆうかん》なる海の男たちよ！」

そして、高く澄《す》んだ声で叫《さけ》んだ。

「この航海は、死出の旅だと覚悟《かくご》せよ！　わたしがおまえたちを見守る。喜びの野への道、決して迷《まよ》わせはしない。安心して旅立つがいい！」

「何を言いだすんだ……」

リウイは冷や汗《あせ》が滲《にじ》むのを意識《いしき》した。

シヴィルの言葉は、船乗りたちに死ねと言っているも同然である。

彼女は剣を振りかざしたままの姿勢《しせい》で、彫像《ちょうぞう》さながらに微動《びどう》だにしない。

数百人もの群衆《ぐんしゅう》が、そんな彼女を無言で見つめている。しばしのあいだ静寂《せいじゃく》があたりを支配した。海鳥が鳴く声だけが、遠くから聞こえてくる。

危険《きけん》な空気を、リウイは感じた気がした。

人々が今にも怒《いか》りを爆発《ばくはつ》させるかもしれない。

しかし、次の瞬間《しゅんかん》――

船乗りたちは、それぞれの武器《ぶき》を振りあげ、大歓声《だいかんせい》でシヴィルに応《こた》えた。

「我《われ》らには、バルキリーの加護《かご》がある！」

「喜びの野に行くことは、約束された。安心して死ねるぞ！」

興奮《こうふん》した声が、そこかしこからあがる。

「死ねと言われて、喜ぶなんてね……」

ミレルが呆《あき》れたように言った。

「勇敢なのはけっこうですが、マイリー神ではなく、バルキリーを崇拝《すうはい》するというのは不本意の極《きわ》みですわ」

メリッサが憤慨する。

喜びの野というのは、戦神マイリーの教団《きょうだん》が説《と》く、真の勇者だけが赴《おもむ》くとされる死後の世界のことだ。

そこでは昼には激《はげ》しい戦が行われ、勇者たちは己《おのれ》の強さと勇気を競《きそ》いあう。そして夜になると戦死した者たちもすべて蘇《よみがえ》り、盛大《せいだい》な宴《うたげ》が行われるという。敵《てき》も味方も、勝者も敗者も一緒《いっしょ》になって、互《たが》いの武勇を讃《たた》え合うのだ。それが永遠《えいえん》に繰《く》り返される。

マイリー信仰《しんこう》とバルキリー信仰は、混同《こんどう》されることが多く、バルキリーをマイリーの使者と思いこんでいる者は多い。マイリー神を女性《じょせい》の神格《しんかく》だとし、バルキリーの女王の名で呼《よ》ぶ異端《いたん》もあるほどだ。

だが、バルキリーは本来、精神の精霊であり、マイリー神とは関係がない。バルキリー信仰は、辺境《へんきょう》や小部族の戦士たちのあいだで根強いので、マイリー教団も殊更《ことさら》に否定《ひてい》していないが……

「わたくしこそが、喜びの野に正しく導《みちび》くことができますのに」

「張《は》り合わなくたっていいじゃないか……」

リウイがメリッサに笑いかける。

「それとも、シヴィルが着ているあの鎧《よろい》をつけてみたいとでも？」

「まさか……」

メリッサはあわてて首を横に振《ふ》った。

「シヴィルはある意味、身体《からだ》を張っているわけだからな。立派《りっぱ》じゃないか？」

「それは、その通りですわね」

気位の高い名門貴族《きぞく》の娘《むすめ》が、群衆の面前で、あれほど大胆《だいたん》な格好《かっこう》をしているのだから、その勇気は讃えるべきだと思う。

「荒《あら》くれ者の海の男たちには、彼女ぐらい気の強いほうが、受け入れられるのかもしれないな――」

先刻《せんこく》の演説《えんぜつ》は、何を言いだすのかと驚《おどろ》いたが、船乗りたちの心を掌握《しょうあく》しているからこそだろう。海の民の男たちにとって、シヴィルはまさにバルキリーなのだ。

見送りの者たちと別れを交《か》わして、船乗りたちが次々と船に乗り込《こ》んでゆく。

風は山のほうから吹《ふ》きおろしている。出航するには順風だった。

「さて、オレたちも行くとしようぜ」

リウイは仲間たちに呼びかけた。

「この航海に戦神マイリーの加護《かご》がありますように……」

メリッサが短く祈《いの》りを捧《ささ》げる。

ジーニは無言で呪払《のろいばら》いの紋様《もんよう》をなぞった。

ミレルは自分の両頬《りょうほお》を叩《たた》き、気合いを入れる。

アイラは魔法《まほう》の眼鏡《めがね》をいったん外し、海に落とさないよう細い鎖《くさり》を取りつけ、首から下げた。

そしてひとりずつ、渡《わた》し板を通って、乗船してゆく。

そこに小さな人影《ひとかげ》があった。

リッケである。

この探検《たんけん》航海は、この少年が率《ひき》いることになる。名目《めいもく》だけだが、同行するだけでも間違《まちが》いなく命懸《いのちが》けだ。

少年は、きょろきょろと岸のほうを見回していた。口にこそ出さないが、内心は不安でいっぱいだろう。

そこにはギアース族長をはじめ、見送りの者たちの姿《すがた》がある。

「誰《だれ》を探《さが》してるんだ？」

リウイは声をかけた。

「ルーシアだよ……」

一瞬《いっしゅん》、躊躇《ちゅうちょ》したあと、憮然《ぶぜん》とした答えが返る。

「ルーシア王女？　そう言えば、見なかったな。族長の屋敷《やしき》に残ってるんじゃないか？」

「見送りにも来ないで？」

リッケの表情《ひょうじょう》が、今日の空のように曇《くも》る。

「見送ってほしかったのかい？」

「この航海には海の民の……いや、バイカルの未来がかかってるんだ。船乗りたちを見送るのは王女として当然の義務《ぎむ》じゃないか？」

リッケは不機嫌《ふきげん》に答えた。

「頼《たの》んでもいない荷物を押《お》しつけたりするくせに、肝心《かんじん》なときにはいないんだから……」

だから子供《こども》だって言うんだ、とぶつぶつと続ける。

「リッケに別れを言うのが、辛《つら》かったんじゃないかな？」

「オレのことは、船長と呼《よ》べ！」

リッケは肩肘《かたひじ》を張《は》った。

「はいよ、船長」

リウイは宮廷儀礼《きゅうていぎれい》に従《したが》って、丁寧《ていねい》に一礼してみせた。

「ところで、そろそろ出航の時間じゃないのか？　我らがバルキリーが、恐《こわ》い目でこちらを見ているぞ」

「シヴィルが？」

リッケはハッとなり、あわてて帆《ほ》をあげるよう命令した。

「海の男たちよ、帆をあげろ！　櫂《かい》を取れ！」

誰かがリッケの命令に応《こた》える。

この船には左右に十ずつ、大きな櫂が備《そな》わっている。今は順風なので帆走《はんそう》できるが、針路を変えるために櫂の操作《そうさ》が必要なのだ。

帆が風を捕《と》らえて膨《ふく》らみ、巨大《きよだい》な船はゆっくりと動きはじめた。

見送りの人々が一際《ひときわ》、大きな歓声《かんせい》をあげ、激《はげ》しく手を振《ふ》る。

そのとき、船首のほうから竪琴《たてごと》の音色《ねいろ》が流れてきた。

リウイが振り返ると、舳先《へさき》のすぐ側で竪琴をつま弾《び》く男の姿があった。ダールの氏族の若長《わかおさ》である男だった。名をラムスという。

〝魂《たましい》の奏者《そうしゃ》〟の異名《いみよう》に恥《は》じない見事な演奏《えんそう》であった。

「我ら、ここに雄々《おお》しく船出せん……」

曲に合わせ、詩を謡《うた》う。

朗々《ろうろう》たる歌声だった。

「吟遊詩人《ミンストレル》か……」

一心に竪琴を奏《かな》で謡いつづける男を、リウイは見つめた。

「そして呪歌唄い《バード》だったな」

「呪歌《じゅか》はもともとこの地方から生まれたのだそうよ。偉大《いだい》なる詩人が古代語魔法《まほう》を研究し、魔力《マナ》に影響《えいきょう》を与《あた》える言葉と旋律《せんりつ》を見つけ、魔法の歌を編《あ》みだしたの」

リウイのつぶやきを聞いたアイラが、知識《ちしき》を披露《ひろう》する。

万物《ばんぶつ》の根源《こんげん》にして万能《ばんのう》の力である魔力《マナ》、神々はそれを言と音とで編みあげ、世界を創造《そうぞう》したとされる。それゆえ、言葉や音楽は魔力を発動するための手段《しゅだん》となりうるのだ。

ダールの氏族は、海の民の氏族なかでも有力で、ギアースの氏族とは対立することも多いらしい。ギアースが失脚《しっきゃく》するなり、唯一《ゆいいつ》の跡継《あとつ》ぎであるリッケにもしものことがあれば、海の民の次の族長となるかもしれない人物だ。

この航海が失敗すれば、もっとも実益《じつえき》のあった男と言える。だが、彼はあえてこの探検航海に名乗りをあげた。

その意図は、分からない。

（さて、どんな男かな？）

　リウイは心のなかでつぶやくと、ラムスの側に行き、船縁《ふなべり》に腰《こし》をかける。

　振《ふ》り返れば、アルマの港は遠くなっていた。ギアース族長ら、見送りの人々の姿《すがた》は、見分けがつかないぐらいに小さくなっている。

「いよいよですね……」

　ラムスは歌だけを止《や》め、リウイに声をかけてきた。

「いにしえの海賊王《かいぞくおう》バラックの財宝《ざいほう》……。子供《こども》の頃《ころ》から伝説は聞いていたが、まさか自分が探《さが》しに行くことになるとは思ってもいなかったよ」

「わたしもです。しかしギアース族長は、バラックの末裔《まつえい》ですからね。財宝があるという確証《かくしょう》があるのでしょう」

「おそらく、そうだろうな……」

　リウイはうなずく。

「どんなお宝《たから》なのか、ぜひこの目で見たいもんだぜ」

　それは本心だった。冒険者《ぼうけんしゃ》の血が、騒《さわ》ぐのである。

「わたしも、あなたには一度、お目にかかりたいと思っていましたよ」

　竪琴を弾く手も止め、ラムスはじっとリウイを見つめてきた。

「オーファンの王子リウイ。あなたの活躍の数々は、わたしの耳にも届《とど》いています。あなたの武勲詩《くんし》が唄《うた》われる日も、そう遠くないかもしれませんね」

「今は国を離《はな》れ、冒険者稼業《かぎょう》だからな。噂《うわさ》が広まるのは、むしろ、ありがたい。仕事の依《い》頼《らい》が増《ふ》えるからな」

「この東方で、どのような仕事を？」

「親父《おやじ》からは、魔法の武具を探しだすよう命令を受けている。オーファンから追いだすための口実さ。オレは妾腹《しょうふく》だが、長男でもあるからな。ここだけの話、王位継承《けいしょう》戦争の火種になりかけたこともあったんだ……」

リウイは苦笑《くしょう》を漏《も》らす。

「オラン王国も、その魔法の剣の探索《たんさく》に協力しているわけですか……」

そう言うと、ラムスは帆柱《ほばしら》の近くにいるオランの女騎士《きし》に視線《しせん》を向ける。

「オラン王の命令だからな。騎士である彼女は、従《したが》うしかない。オランとオーファンの友好のためとはいえ不憫《ふびん》なもんだぜ。ここだけの話だが、おかげでオレはつらくあたられているんだ」

リウイは声を落として答えた。

語っているのは、ほとんど事実である。ただし、真実ではない。吟遊詩人はあきらかに探《さぐ》りを入れてきている。それは、リウイも同じだ。

「あなたがたは、いにしえの海賊王の財宝のなかに魔法の剣があると？」

「海賊王バラックは当初、古代王国を相手に略奪《りゃくだつ》を働いていたと聞く。魔法の宝物だって、たくさんあったはずだ」

「そう考えるのが、自然でしょうね」

「親父が気に入りそうな魔法の剣があったら、買い取らせてもらうつもりでいる。無論《むろん》、手柄《てがら》はシヴィルのものだ。彼女がすべての段取《だんど》りをつけてくれたわけだからな」

「ギアース族長は、彼女をよほど気に入っているようですね。あれほど気高《けだか》く美しい女性《じょせい》なら、当然でしょうが」

「そうみたいだな」

リウイは、うなずく。

気高く美しいというところも異論《いろん》はない。たとえ性格《せいかく》に問題があるとしても……

「ま、彼女としても、任務《にんむ》から早く解放《かいほう》されたくて必死なんだろう。彼女のためにも、この航海が成功することを、オレは祈《いの》っているよ……」

「わたしもですよ。ギアース族長には、まだまだ海の民を導《みちび》いていただかねばなりません。あの少年がその地位を受け継ぐことにも、異論はありませんから……」

「お互《たが》い、がんばろう」

リウイはラムスと握手《あくしゅ》を交《か》わし、仲間たちのもとにもどった。

「どうだった？」

ミレルが訊《たず》ねてくる。

「腹《はら》を探ろうとして、逆《ぎゃく》に探り返されたよ」

「向こうからしたら、わたしたちのほうが得体が知れないものね」

アイラが肩《かた》をすくめた。

「いずれにせよ、なかなかの人物だな。味方だとしたら心強いし、敵《てき》だとしたら厄介《やっかい》だ」

「あの御方《おかた》は、自分の氏族から誰も伴《ともな》わず、単身、乗り込《こ》んでおられるはず。何かを企《くわだ》てるのは、難《むずか》しいと思うのですが……」

メリッサが遠慮《えんりょ》がちに言った。

「だが、酒樽《さかだる》に毒を仕込むぐらいならできる……」

ジーニが腕組《うでぐ》みしながら、ぼそりと言う。

「オレたちは傍観者《ぼうかんしゃ》だからな。横から見ていればいいだけさ。ただし、じっくりとな」

リウイは仲間たちに笑いかけると、静かに波立つ海原《うなばら》に視線を転じた。

内陸育ちゆえ、海を見たのはつい最近になってからである。しかし、このところ航海続きで、海にもだいぶ慣《な》れてきた。

性《しょう》にも合っている気がする。水平線の向こうに何があるのかと、胸《むね》が高鳴るのだ。

つくづく、自分は冒険者《ぼうけんしゃ》だということだ。今の暮《く》らしが、ずっと続いてほしいと思う。

だが、それが叶《かな》わぬ夢《ゆめ》であることは、うすうす気づいている。

その日が来るまで、存分《ぞんぶん》に楽しむだけだ。

それが、たとえそう遠くない未来だとしても……

2

船は、追い風を受けながら、順調に進んだ。

アルマの港がある湾《わん》を抜《ぬ》け、外海に出る。そして針路《しんろ》を東に取る。

しかし、そこで予期せぬ出来事が起こった。

箱のような形をした黒い船と遭遇《そうぐう》したのである。

ムディール王国の武装《ぶそう》商船だった。

その姿《すがた》は、大陸中の港で見ることができる。大量の交易品《こうえきひん》を荷揚《にあ》げし、そして大量の積荷を運び入れてゆく。海洋貿易の主役ともいえる大型船だ。

どこの港でも、その到来《とうらい》は歓迎《かんげい》されている。

しかし海の民の男たちの反応《はんのう》は、まるで違《ちが》っていた。全員が緊張《きんちょう》の面持《おもも》ちで、黒い船影《せんえい》を見つめている。

「こんなところに、いったい何のために……」

誰《だれ》かが、血の気《け》の失《う》せた顔でつぶやく。

「珍《めずら》しいことなのか？」

その船乗りに、リウイは訊《たず》ねた。

「武装商船は大陸の南の沿岸《えんがん》を往復《おうふく》し、交易を行っている。港の少ない北の沿岸には、用などないはずなんだ……」

「なるほどな」

リウイはうなずく。

「まして、ここは我《われ》ら海の民の庭だぞ。そんなところに入り込んでくるなんて……」

考えられない、と男は首を横に振《ふ》った。

「どうしますか、船長？」

魂《たましい》の奏者《そうしゃ》ラムスがやってきて、リッケに訊ねる。

リッケは、答えなかった。

経験《けいけん》がないので、判断《はんだん》しようがないのだろう。救いを求めるようにシヴィルを振り返ったが、彼女もどうしていいか分からない様子だった。

「我らの使命は重い。無理をせず、避《さ》けて進めばどうですかな？」

ラムスが遠慮《えんりょ》がちに提案《ていあん》する。

「我らの庭を荒《あ》らされて、黙《だま》っていろというのか？」

誰かが、不満そうに叫《さけ》んだ。

「この船は、最新の大型船で、選ばれた船乗りが乗っている。武装商船といえども、臆《おく》することはない！」

その主張《しゅちょう》には、何人もの男たちが賛同《さんどう》の声をあげた。

「しかも、この船にはバルキリーが乗っているではないか！」

全員が歓声《かんせい》をあげて、それに応《おう》じる。

「まずいな……」

リウイは思わずつぶやいた。

シヴィルは勇気の精霊《せいれい》の化身《けしん》として振る舞《ま》っているから、戦いをやめろとは言えない。

しかし、そうなれば、犠牲《ぎせい》は避《さ》けられない。これからの航海を思うと、船乗りの数はできるかぎり減《へ》らしたくないのだ。

もっとも、傍観者《ぼうかんしゃ》が発言しても耳を貸《か》してもらえるはずがない。

戦う覚悟《かくご》を決めたのか、シヴィルは微笑《びしょう》を浮《う》かべていた。

武装商船の行為《こうい》は、あきらかに海の民を挑発《ちょうはつ》している。攻撃《こうげき》してくるのを待っているのかもしれない。

ムディールの武装商船は、海の民を海の支配者《しはいしゃ》から追い落とした張本人《ちょうほんにん》だ。船足こそ遅《おそ》いが、大量輸送《ゆそう》が可能《かのう》で、船体は鉄で補強《ほきょう》され、海賊《かいぞく》に対する備《そな》えも万全《ばんぜん》である。それゆえ港から港へと、安全確実《かくじつ》に荷物を運ぶことができる。

海上貿易《ぼうえき》は利益《りえき》も大きいが危険《きけん》も大きい商売だったのが、五十年ほど前に登場した武装商船によって、状況《じょうきょう》は一変したのである。ムディールの船主《ふなぬし》たちは、アレクラスト大陸の沿岸《えんがん》航路を独占《どくせん》し、莫大《ばくだい》な富《とみ》を築《きず》いている。

それからというもの、海の民は衰退《すいたい》の道を歩んでいる。ロドーリルとの戦争が、それに追い打ちをかけた。

そういうなか、族長となったギアースの人生は、苦悩《くのう》の連続であったろう。リッケひとりを残し、息子《むすこ》や男孫をすべて失っている。

そして最後の跡継《あとつ》ぎも、こうして危険な航海に送りださねばならない。

「リッケ……」

シヴィルは少年に決断《けつだん》を促《うなが》す。

「魂の奏者の意見が正しいと思う」

リッケは顔を強張《こわば》らせながらも、きっぱりと言った。

それを聞いて、男たちがざわめく。

「なぜだ？」

「怖《こわ》いからだ！　それでは駄目《だめ》か？」

リッケは迷《まよ》いなく言った。

本当に怯《おび》えているのか、足が小さく震《ふる》えている。

呆気《あっけ》にとられたのか、ざわめきは止まった。

「おまえに戦えなどとは言わん。船倉《せんそう》で待っておれば、すぐに終わるわい」

誰かが豪快《ごうかい》に笑った。

「おまえたちに死ぬ覚悟があるのは分かっている。喜びの野に行ける勇者であることもだ。

だが、喜びの野は、いずれかならず行ける場所だ。今である必要はない。オレはおまえたちの誰ひとりも失うことなく、この航海を成功させたい。おまえたちには死ぬ覚悟とともに生き抜《ぬ》く勇気も持ってほしい」

リッケは顔を真っ赤にさせながら、声をかぎりに訴《うった》える。

だが、男たちの表情《ひょうじょう》は、皆《みな》、冷たかった。

「魂の奏者ラムスは、何度となく武装商船を襲《おそ》い、積荷を奪《うば》ったと聞いている。戦いの指《し》揮《き》をとってくれ。ムディールの連中に、我《われ》らの恐《おそ》ろしさ、思い知らせてやろう」

ひとりが叫《さけ》び、全員が賛同《さんどう》の声をあげた。

シヴィルも剣《けん》を抜き、男たちを鼓舞《こぶ》しようとしている。

リッケはうなだれるようにうつむくと、拳《こぶし》を震わせた。

「あの子が言ってることのほうが正しいのにな……」

リウイは残念に思った。

「わたしも、あの子の言葉に勇気を感じましたわ」

メリッサがうなずく。

だが、どうやら戦いは避けられそうにない。いくら傍観者《ぼうかんしゃ》と言っても、黙《だま》って見ている
わけにはゆかない。

気乗りはしないが、この航海を成功させるためにも、武装商船を相手に一暴《ひとあば》れしようと
心に決めた。

そのときである。

「わたしも怖い、怖くてしかたがない。あの武装商船の帆柱《ほばしら》に、狼《おおかみ》の旗《はた》がはためいている
のが見えないか?」

ラムスはそう言うと、竪琴《たてごと》を大きくひと鳴らしした。

「狼の旗？　海狼《かいろう》テグリの船か！」

たちまち船乗りのあいだに動揺《どうよう》が広がる。

「誰なんだ？」

リウイは船乗りのひとりに訊《たず》ねた。

「ムディール海軍の提督《ていとく》だ。我らの仲間が、何隻《せき》も沈《しず》められている」

忌々《いまいま》しそうな答が返ってきた。

「ただの武装商船じゃなく、軍船ということか？」

「大弩弓《バリスタ》、投石機《カタパルト》などで武装し、乗り込んでいるのも、選び抜かれた戦士たちだ。六十人の漕《こ》ぎ手は一糸《いっし》乱《みだ》れることなく、短時間なら、どんな船より速く走る……」

「そんな船を寄越《よこ》してくるということは……」

ムディール王国の態度《たいど》が、いかに強硬《きょうこう》か分かるというものだ。

目的はなんだろうか、と思う。

「この航海を妨害《ぼうがい》しようとでもいうのか？」

リウイは自問してみる。

それを聞きつけたのか、

「我ら海の民が、イーストエンドとの貿易《ぼうえき》の約束を取りつけたことが、不満なのかもしれませんな」

と、ラムスが囁《ささや》きかけてきた。

「もともと、イーストエンドとの交易は、ムディールが独占《どくせん》していたもの。ただ、彼《か》の島国は、長く鎖国《さこく》していましたから、たいした儲《もう》けにはならなかったでしょうが……」

「しかし、イーストエンドはこれから国を開くつもりでいる。そんなとき、交易の独占を邪魔《じゃま》されたのは、ムディールにとって大問題だということか?」

「そう思われても無理はないでしょうね……」

魂《たましい》の奏者《そうしゃ》は、苦々しくうなずく。

「それに、わたしは武装商船を何度も襲《おそ》っていますから、ムディールの手配を受けています。わたしの身柄《みがら》を引き渡《わた》せば、あるいは喜んで引き上げるかもしれません」

「そんなことをしたら、あんたの一族とギアースの一族とで戦《いくさ》になるぜ」

「かもしれませんね……」

ラムスは他人事《ひとごと》のように答えた。

「今なら、まだ避けられる。ただし、鳩《はと》を飛ばして、お爺《じじ》にはこのことを知らせておく! オレの臆病《おくびょう》さのため、おまえたちに悔《くや》しい思いをさせ、申し訳《わけ》ない」

リッケが必死の思いで叫《さけ》んだ。

シヴィルは優《やさ》しい笑顔《えがお》でうなずくと、静かに剣《けん》を収《おさ》める。

「そういうことだ。勇敢《ゆうかん》なる海の男たちよ……」

ラムスが言って、竪琴《たてごと》を静かに鳴らしはじめる。静かな調べが、人々の心を落ち着かせてゆく。

リウイも穏《おだ》やかな気分になっていた。

(なるほど、魂の奏者だな……)

竪琴の音色《ねいろ》だけで、人の心を自在《じざい》に操《あやつ》ることができる。噂《うわさ》に聞くところの呪歌《じゅか》なのかもしれない。

(味方と思って、よさそうだな)

どうやら無駄《むだ》な争いは避けられそうだ。もし、さっきの勢《いきお》いのまま、武装商船に挑《いど》んでいたら、大きな代償《だいしょう》を払《はら》っていただろう。

リウイが安堵《あんど》を覚えたそのとき――

何かが倒《たお》れる激《はげ》しい音が、足下から響《ひび》いてきた。

「何事だ！」

ひとりの男が落とし戸を開けて、船室を覗《のぞ》きこむ。

「荷崩《にくず》れでも起きたのかな？」

ミレルが首をひねる。

しかし――

「おい！　誰かいるぞ！」

船室を覗いた男が、警告《けいこく》を発した。

「心配しないで！」

その場が騒然《そうぜん》となりかけたのを、ひとりの女性《じょせい》が声をあげて静《しず》めた。

エメルである。欲望《よくぼう》のままに生きるために、オラン聖剣探索隊《せいけんたんさくたい》に加わった暗黒神《あんこくしん》ファラリスに仕《つか》える闇司祭《やみしさい》。

「出ていらっしゃい……」

薄暗《うすぐら》い船倉に向かって、そう呼《よ》びかける。

「はい……」

か細い声が返ってきた。

そして小さな人影《ひとかげ》が梯子《はしご》を伝って登ってくる。

海の民の男の子がよく着る衣服に身を包んでいた。赤みがかった金髪《きんぱつ》はお下げに結《ゆ》われ、そして鼻《はな》のあたりにはそばかすが残っている。

「ルーシア王女……」

リウイは唖然《あぜん》とし、それ以上、言葉が続けられなかった。

「ご、ごめんなさい」

リッケの許嫁《いいなずけ》である少女は、深々と頭を下げた。

「謝《あやま》ることなんてないわ、王女様。あなたは思ったとおりのことをしただけなんだもの」

エメルは少女を優しく抱《だ》きしめた。

「なんで、ルーシアがここにいるんだよ？」

リッケが怒声《どせい》をあげたが、その顔は今にも泣き出しそうに見えた。

「リッケと離《はな》れ離れになりたくなかったからよ！　危険《きけん》な航海だっていうし、二度と会えなくなるのなんて絶対《ぜったい》、嫌《いや》だもの……」

「いったい、どうやって……」

言いかけて、リッケはハッとなる。

出発の際《さい》に、大きな樽《たる》をひとつ運びこませたことを思い出したのだ。中身はルーシアが選んだもので、リッケの好物などが詰《つ》め込《こ》まれているとのことだった。

あろうことか、このバイカルの王女は樽のなかに隠《かく》れて、まんまと密航《みっこう》に成功したのである。

「だから、子供《こども》だって言うんだ！　おまえなんかがいたって、足手まといなだけだろ？」

「な、なによ！　わたしのほうがリッケより半年、お姉さんでしょ？　それに、女のほうが早く育つんだから！」

王女は激《はげ》しく言い返す。

端《はた》から見てると、まさに子供の喧嘩《けんか》だった。

「あなたが企《たくら》んだの？」

シヴィルがエメルを問いつめる。

「彼女がどうしてもというから、方法を教えてあげただけよ。本当にするとは思わなかったわ。だけど、王女様は小さなバルキリーだったみたいね」

エメルは平然と答えた。

「万が一のことがあったら、どう責任《せきにん》を取るつもり？」

「責任なんて取らないわ。だって取りようがないもの」

「汝《なんじ》の欲《ほっ》するところを為《な》せ、か……」

シヴィルはため息まじりにつぶやいた。

暗黒神ファラリスの教義《きょうぎ》である。

「陸にいたって、彼女が危険なことに変わりはない。敵《てき》が誰なのか分からないし、何を企んでいるのかも分からないんだもの。リッケ様にしても、王女様にしても、どちらかにで

もしものことがあってはならないのよ。なら、一緒《いっしょ》にいたほうがいいって思わない？　わたしたちの目の届《とど》くところにいるわけだし……」

　エメルは媚《こ》びるように身をくねらせる。

　だが、女性であるシヴィルに通じるはずがなかった。

「どこか港に寄《よ》って、護衛《ごえい》をつけて、アルマの街に送りかえす。それで、いいかしら？」

「まあ、待てよ……」

　リウイが、シヴィルに声をかけた。

「船乗りたちの意見も、聞いてみればどうだい？　彼らが認《みと》めるなら、王女を連れていってもかまわないんじゃないか？」

　そして海の男たちを見回してみる。

　全員の顔が笑っていた。

「女に追いかけられてこそ、本物の男だ！」

　誰《だれ》かが叫《さけ》ぶ。

「バルキリーの魂《たましい》を持つ者なら、たとえ、どんなに幼《おさな》くても歓迎《かんげい》するぞ！」

　最初に落とし戸を開けた男が、すぐ側にいる王女を軽々と持ち上げ、肩《かた》に乗せた。

　一瞬《いっしゅん》、驚《おどろ》いた表情《ひょうじょう》を見せたが、ルーシアはすぐに笑顔《えがお》になる。

「陸の民《たみ》の王女には、すでに海の民の心が宿っているようだ……」

ラムスが竪琴《たてごと》を早弾《はやび》きしながら、陽気な歌を唄《うた》いはじめた。

海の民なら誰もが知っている歌らしく、全員が声を合わせてゆく。

「ムディールの海狼《かいろう》にも教えてやろう。我《われ》らの歌が、かつて世界中に轟《とどろ》いたことを！」

ラムスが雄叫《おたけ》びをあげる。

そしてムディールの軍船を避《さ》けつつも、歌声を響《ひび》かせながら、北東に針路《しんろ》を取った。

その先には、嵐《あらし》の海が待ち受けている——

3

「どうやら、我らを避けてゆくようです……」

武装《ぶそう》商船〝シンセン〟の甲板《かんぱん》に立ち、望遠鏡を使い海の民を監視《かんし》していた男が、隣《となり》にいる金色の縁《ふち》なし帽《ぼう》をかぶった初老の男に報告《ほうこく》した。

「追いかけますか？」

「その必要はない」

帽子の男は、首を左右する。

彼は、ムディール海軍の提督《ていとく》テグリ。一水夫《すいふ》から身を起こし、世界各地の海賊《かいぞく》を討伐《とうばつ》した功績《こうせき》で、今の地位を得た海の英雄《えいゆう》である。

「奴《やつ》らの行き先は分かっている。その目的もな」

「嵐の海……ですか。噂《うわさ》には聞いておりますが、近くに行ったこともありませんな」

「我らが陛下《へいか》は、船が危険《きけん》な海域《かいいき》に近づくことを常《つね》に戒《いまし》めておられる。ムディール船の誇《ほこ》りとは、積みこんだ荷をかならず降《お》ろすことにあるのだ。無論《むろん》、人もな」

武装商船は少々の波風ならびくともしない。それでも波が高いときには出航を控《ひか》える。航海中でも、風が強くなれば、近くの待避場所へと避難《ひなん》する。そういう待避場所は大陸中の至《いた》るところに設営されている。

そのときだった。

風に乗って、歌声が流れてくるのが聞こえた。

「海の民の歌だな……」

テグリは糸のように目を細める。

「勇壮《ゆうそう》で気分が高揚《こうよう》してくるような歌だ。わしは嫌《きら》いではない」

「そうなのですか？」

側近は意外そうな顔をした。

「その歌を聴《き》いたあと、歌い手どもの首を刎《は》ねるという楽しみもあるからな」

テグリの穏《おだ》やかだった顔に、残忍《ざんにん》な笑《え》みが浮《う》かぶ。

彼が今の地位を得るためには、千に近い海賊どもの首級が必要だったのだ。

「奴らの歌が、海のうえから消える日もそう遠いことではあるまい。寂《さび》しいことだと思わんか？」

「わたしは清々《せいせい》しますね……」

側近は真顔で答えた。

「それよりも、奴らの歌が別の方向から聞こえてくるような気がするのですが？」

側近は、足下《あしもと》に視線《しせん》を向ける。

そこからも楽器の音と歌声のようなものが聞こえてくるのだ。船室に降《お》りれば、もっとはっきりするだろう。

「わしの部屋からだ。気にすることはない」

「なるほど、例の竪琴《たてごと》ですか……」

側近は、納得《なっとく》したようにうなずいた。

魔法《まほう》がかかっており、誰も弾《ひ》いていないのに、思い出したように音を鳴らし、歌声さえ響《ひび》かせる。朗々《ろうろう》たる歌声で、つい耳を傾《かたむ》けてしまう。

「偶然《ぐうぜん》ですかな？　同じ歌のように聞こえるのですが？」

側近は、不思議そうな顔をした。

「さあ、どうかな……」

テグリは思わせぶりに笑う。

「我《わ》が船は、海賊船の後を追う。無理をして、追いつくことはないぞ。奴らが嵐《あらし》の海に飛び込んでゆくのを見届《みとど》ければいい」

「畏《かしこ》まりました……」

側近は、恭《うやうや》しく一礼する。

「わしは船室にもどり、じっくりと歌を聴くとしよう」

そして海狼と呼《よ》ばれる男は、側近に後を託《たく》し、その場を後にした。

第4章　嵐《あらし》の海を越《こ》えて

1

それは、天に向かってそびえる巨大《きょだい》な灰色《はいいろ》の塔《とう》というしかなかった。

上空には暗雲が垂《た》れこめ、紫《むらさき》の閃光《せんこう》が絶《た》え間なく走る。

眼下《がんか》に広がる海は警鐘《けいしょう》を鳴らしているかのように、ざわざわと波立っている。

だが、船は強い追い風を受けて、舵《かじ》を操作《そうさ》するまでもなく、吸《す》い込まれてゆくように灰色の塔に向かって進んでいた。

「あれが、嵐の海なのか……」

リウイは呻《うめ》くように言うと、喉《のど》の渇《かわ》きを覚え、固唾《かたず》を呑《の》んだ。

気がつくと、全身に震《ふる》えが走る。

恐怖《きょうふ》を感じたからではない。血がたぎり、心が高ぶっているためだ。

「海の民《バイキング》の伝説によれば、水の精霊王《せいれいおう》クラーケンと風の精霊王ジンが、互《たが》いを追いかけ、永遠《えいえん》の円舞《えんぶ》を踊《おど》っているってことらしいが……」

嵐の海は七つの島からなる群島《ぐんとう》を閉《と》じこめるように完全な円を描《えが》いているという。

「さっさと決着をつけてほしいよね」

黒髪《くろかみ》の盗賊《とうぞく》少女が、ため息まじりに言う。

「まさに、試練ですわね……」

金髪《きんぱつ》の女性《じょせい》神官は胸《むね》の前で手を組むと、戦神マイリーに祈《いの》りを捧《ささ》げた。

「本当に、越えられるものなのか？」

赤毛の女戦士は呪払《のろいばら》いの紋様《もんよう》を指でなぞりながら、顔をしかめる。

怪物《かいぶつ》や人間相手なら、どんな強敵《きょうてき》でも怯《ひる》むことはないが、もとは山岳《さんがく》民族出身の狩人《かりうど》だけに、自然に対してはどうしても畏怖《いふ》の念を抱《いだ》いてしまうのだ。

「絶対《ぜったい》、無理だわ……」

栗色《くりいろ》の髪の女性魔術師《まじゅつし》は魔法の眼鏡《めがね》を外してから、へなへなとその場にしゃがみこんだ。

遠見の魔力を発動させ、嵐の海を仔細《しさい》に観察したのである。

海面は無数の水竜《すいりゅう》が鎌首《かまくび》をもたげているように逆巻《さかま》き、雨は突風《とっぷう》に煽《あお》られ、横に落ちてゆく滝《たき》のよう。そして天を絡《から》めとる光の網《あみ》のごとき無数の稲妻《いなずま》……

「遠くから見ているからさ。飛び込《こ》んでしまえば、周囲しか見えなくなる。怖《こわ》がっている暇《ひま》もなくなるしな」

魔法の眼鏡を借《か》り、しばし観察してから、リウイは言った。

「呑気《のんき》なものね……」

アイラは熱でもはかるように、自《みずか》らの額《ひたい》に手を当てる。

「わたしは船室で、震えていることにするわ。甲板《かんぱん》にいても、どうせ役に立たないしね」

「子供《こども》たちを頼《たの》んだぜ」

リウイは励《はげ》ますように言うと、魔法の眼鏡を返す。

「そんな余裕《よゆう》ないわよ」

アイラは首を横に振《ふ》ると、うなだれるように船室へと降《お》りていった。

「あたしも、船室で待ってるね」

ミレルがその後に続く。

「わたしはここに残り、戦《いくさ》の歌を唄《うた》い続けますわ……」

メリッサが決意の表情で言った。

それこそが戦神マイリーの神官の使命である。バルキリーの化《け》身《しん》のように思われているシヴィルへの対抗心《たいこうしん》があるのかもしれない。

「わたしもここに残ろう。役に立つかどうか、分からないがな」

ジーニが低くつぶやいた。

「滅多《めった》にできない体験だものな」

リウイはふたりにうなずくと、船尾《せんび》の方を振り返った。

そこにはバルキリーの衣装《いしょう》を着けたシヴィルの姿《すがた》があった。腕を組み、遠くをじっと見つめている。視線《しせん》の遥《はる》か先の海面に、黒い影《かげ》がひとつ浮《う》かんでいた。

ムディールの〝海狼《かいろう》〟テグリが乗る軍船である。

「まだ、ついてきているのか……」

リウイはシヴィルの側に近寄《ちかよ》ると、舌打《したう》ちをした。

「付かず離《はな》れずといったところだ。この船を監視《かんし》しているのだろう」

振り返りもせず、シヴィルは答えた。

「こちらの航海の目的を知っているのかもな……」

リウイは顔をしかめる。

「財宝《ざいほう》を手に入れて、戻《もど》ってきたところを襲《おそ》うつもりでいるとか」

「ありえるな……」

シヴィルの表情《ひょうじょう》が、険《けわ》しくなる。

「どうしたもんかな……」

軍船とはいえ、敵対《てきたい》する国の船や海賊《かいぞく》からは平然と略奪《りゃくだつ》を行う。そしてムディールは、バイカルの船すべてを海賊船と見なしている。

両者は海の覇権《はけん》を巡《めぐ》って、大昔から争いつづけているのだ。

かつてはバイカルのほうが圧倒《あっとう》していたのだが、ムディールが武装《ぶそう》商船を建造《けんぞう》してからは、勢力《せいりょく》は完全に逆転《ぎゃくてん》している。

「今は、見て見ぬふりをするしかないな。我々《われわれ》はまず、嵐《あらし》の海を乗り越《こ》えないといけないのだから……」

そう言うと、シヴィルは船首の方を振り返った。

つられて、リウイも向き直る。

しばらく目を離していた間に、天にそびえる灰色《はいいろ》の塔《とう》は、その大きさを増《ま》している。

耳元では、風が鳴りはじめていた。精霊使《せいれいつか》いの素養《そよう》があれば、風の精霊シルフたちの声が聞こえるかもしれない。

無謀《むぼう》な人間たちをあざ笑っているのだろうか、それとも哀《あわ》れんでいるのだろうか……

左右の船縁《ふなべり》に、海の民の男たちが並《なら》び、長大な櫂《かい》を手にしている。彼らは自らの胴《どう》に縄《なわ》を巻《ま》きつけ、船と結びつけていた。

数人が帆《ほ》を下ろす準備《じゅんび》をはじめている。

そしてひとりが、船尾にやってきて舵《かじ》を取った。

船首には〝魂《たましい》の奏者《そうしゃ》〟ラムスが立ち、竪琴《たてごと》を鳴らしながら、海神を鎮《しず》める歌を唄《うた》いつづけている。

熟練《じゅくれん》の船乗りばかりだが、さすがに緊張《きんちょう》は隠《かく》しきれない。

「励《はげ》ましてやればどうだい？」

リウイがシヴィルだけに伝わるよう、下位古代語《ロー・エンシエント》で話しかけた。

「分かっている」

シヴィルは憮然《ぶぜん》として言うと、海の男たちひとりひとりの背《せ》を力を込めて叩《たた》いてゆく。

「戦《いくさ》が始まるぞ！　歴戦の勇者たる汝《なんじ》らでさえ、誰《だれ》も経験《けいけん》したことのない戦いだ。今こそ、汝らは伝説となる。命はわたしが預《あず》かった！　さあ、ともに喜びの野に赴《おもむ》こうではないか！」

シヴィルが声を限《かぎ》りに叫《さけ》ぶと、男たちは拳《こぶし》を突《つ》きあげ、獣《けもの》のように吠《ほ》えた。

荒海《あらうみ》を乗り越え、ときには海賊となる彼らにとって、死はいつも身近なものである。

それゆえ勇気の精霊バルキリーを崇拝《すうはい》し、戦神マイリーの教団《きょうだん》が説《と》く死後の世界〝喜びの野〟に赴くことを理想としているのだ。

「嵐の海は群島《ぐんとう》を取り囲む激《はげ》しい環流《かんりゅう》だ。正面から突《つ》っ切ろうとすれば、横波を受け、船は転覆《てんぷく》する。だが、流れに乗っているだけでは、永遠《えいえん》に抜《ぬ》けられぬ。螺旋《らせん》を描《えが》くように、中心へと向かい、最後は力の限《かぎ》り櫂を漕《こ》ぎ、激流《げきりゅう》から離《はな》れるのだ。偉大《いだい》なる海賊王《かいぞくおう》バラックとその船乗りはそれを成し遂《と》げた。そして財宝《ざいほう》を群島に隠《かく》し、ふたたび嵐の海を越えて港へともどってきた。我らにも、できぬはずがない」

舵を取った船乗りが、漕ぎ手たちに呼《よ》びかけた。

彼の名はグーセンといい、すでに老人といっていい年齢《ねんれい》である。ギアースの氏族に属《ぞく》し、族長がもっとも信頼《しんらい》している船乗りだった。

この航海には船の舵取りとして、そしてリッケの守り役として参加している。

風と波を読みとる能力《のうりょく》がずば抜《ぬ》けていて、幾多《いくた》の嵐を乗りきった。それゆえ〝嵐を駆《か》る者〟との異名《いみょう》で呼ばれている。

他の氏族から集められた船乗りたちも、この老人には敬意《けいい》を抱《いだ》いているようだった。

「今のは、言い伝えなのかい？」

リウイは老船乗りに訊《たず》ねた。

「我らの氏族に伝わるな」

老人は鷹揚《おうよう》にうなずいた。

「宝《たから》の地図、嵐の海を越えるための船の図面も残されていたんだよな……」

リウイはひとりごとのようにつぶやく。

「そんなものがあるなら、もっと早く財宝を取りにいってもよかったんじゃないか？」

「実はな。ギアースとわしは若《わか》い頃《ころ》、一度、嵐の海を越えようとした。だが、あれを間近に見て、恐《おそ》ろしくなって逃《に》げ帰ったのだ」

そう言うと、老人は身体《からだ》を揺《ゆ》らさんばかりに笑った。

「我ら海の民は、誰よりも海の恐ろしさを知っておる。いかに財宝のためとはいえ、嵐のなかに飛び込んでゆくのがいかに愚《おろ》かかは分かっている。やむにやまれぬ事情《じじょう》があればこそ、ギアースもこの航海を計画したのじゃろう……」

「だとしたら、いにしえの海賊王バラックは酔狂《すいきょう》だよな。財宝を得るためならともかく、財宝を隠すために嵐の海に飛び込んでいったわけだから……」

「バラックは恐れ知らずであったと伝えられている。相手がいかに強大でも決して臆《おく》することはなかったと。いや、むしろ強大な敵《てき》を探《さが》し求めてさえいたとも言われておる」

「なるほどな……」

リウイはうなずいた。

実際《じっさい》、バラックは当時の世界をすべて敵に回していたともいえる。いかに、海の民の勢《せい》力《りょく》が当時、強大だったとはいえ、そこまで行動範囲《はんい》を広げる必要はなかったと思うのだ。

「もしかしたら、バラックにとっては、嵐の海も征服《せいふく》すべき敵だったのかもしれないな」

リウイがそうつぶやくのを聞いて、老人がじろりと睨《にら》んでくる。

「そういう異説《いせつ》もあるな。最強の敵を求めて、嵐の海に挑《いど》んだというものだが……」

「財宝を隠しにいったというより、そのほうがらしく聞こえるな。オレも似《に》たような性格《せいかく》だからかもしれないが……」

「おまえさん、長生きせんな」

「かもな……」

リウイは豪快《ごうかい》に笑った。

運が悪ければ、いや、よほど幸運でなければ、早死にすることになるだろう。

「ところで、今回は嵐の海を見て、どうなんだい？」

「この歳《とし》だぞ？　命など惜《お》しくもないわ……」

針路《しんろ》に立ち塞《ふさ》がる嵐の海を見据《みす》えながら、老人は静かに答えた。

「それに、あのときとは違《ちが》い、今のわしには知識《ちしき》も経験《けいけん》もある。財宝などより、伝説の嵐を征服してみたいというのが、わしの本音《ほんね》よ」

「さすが〝嵐を駆る者〟だな」

リウイは老人の腕《うで》をかるく叩《たた》いた。舵《かじ》を握《にぎ》るその腕《うで》は逞《たくま》しく、衰《おとろ》えているようには見えない。

そのとき、水滴《すいてき》が一粒《つぶ》、リウイの頬《ほお》に落ちてきた。

反射《はんしゃ》的に空を見上げると、いつの間にか青空が消えている。

「若いの、さあいよいよだぞ……」

グーセンが、自らに言い聞かせるようにつぶやいた。

そして船は嵐の海へと飛び込んでいったのである。

2

船室には、青白い魔《ま》法《ほう》の明かりが灯《とも》っていた。

アイラが唱《とな》えたものである。

船室にいるのは、彼女とミレル、リッケとルーシア、そして暗黒神《あんこくしん》の女性《じょせい》司祭エメルの五人だ。

嵐のなかに入ってから、どれくらい時間が経《た》ったか、もう分からない。

船はゆっくりと上下し、ときどき激《はげ》しく揺《ゆ》れる。そのたびに、船がぎぃぎぃと軋《きし》み、海水が板の隙間《すきま》から噴《ふ》きだしてくる。

船底には大量の水が流れこんでいるが、それをかきだしている余裕《よゆう》もない。限度《げんど》を超《こ》えれば、船は当然、沈《しず》むことになる。

アイラはミレルと背中《せなか》合わせに床《ゆか》の上に座《すわ》っていた。疲《つか》れきった表情《ひょうじょう》である。

嵐に入った頃《ころ》は生きた心地《ここち》もせず、悲鳴をあげ続けていたが、今はそんな気力もなくなっていた。

ミレルも同様らしく、虚《うつ》ろな目をしたまま、膝《ひざ》を抱《かか》えている。

エメルは、リッケとルーシアを両脇《りょうわき》に抱えて、船室と船倉《せんそう》とを隔《へだ》てている壁《かべ》に背中を預《あず》けていた。船倉の方には、オラン聖剣探索隊《せいけんたんさくたい》の男たちがいるが、とても立ち上がって様子をうかがう状況《じょうきょう》ではない。

エメルは笑顔《えがお》を絶《た》やすことなく、ふたりの子供《こども》に励《はげ》ましの言葉をかけつづけている。その姿《すがた》は、とても暗黒神の司祭には見えない。

リッケは顔面蒼白《そうはく》でエメルの腰《こし》にしがみつき、がたがたと震《ふる》えている。

ルーシアのほうは揺れの激しいときこそ目を閉《と》じるが、あとはリッケの顔を見つめ、その髪《かみ》をなでている。

「いったい、いつまで続くんだよ……」

ミレルが裏街言葉《スラング》で吐《は》き捨《す》てたが、その声には普段《ふだん》の迫力《はくりょく》はない。

「船が木っ端微塵《こっぱみじん》になるか、ひっくり返れば、終わるでしょうね……」

魂《たましい》が抜《ぬ》けたような声で、アイラが言った。

長時間、揺れ続けていると、そのほうが楽かもという気持ちになってくる。

「嵐の海の幅《はば》は、それほど広くないそうだけど、真《ま》っ直《す》ぐ横切ることはできないから、何周も回っているんじゃないかしら……」

エメルがふたりに声をかけてきた。

「風と波に乗りながら、ゆっくり中心に向かっているはずよ。でも、上がどういう様子かは確《たし》かめようがないしね。最悪、全員が波にさらわれていて、ただ漂流《ひょうりゅう》しているだけかもしれない」

「嫌《いや》だよ、そんなの！」

リッケが悲鳴をあげる。

「きっと、大丈夫《だいじょうぶ》よ……」

ルーシアが明るく言った。

「ロドーリルの軍隊が、お城《しろ》に攻《せ》めてきたときだって、今みたいに部屋に隠《かく》れて息を潜《ひそ》めていたじゃない。いつ敵《てき》が入ってくるかとびくびくしていたけど、結局、来なかったでしょ？」

「それは、たまたまじゃないか？　もしも戦《いくさ》に負けてたら、ボクたちは今頃《いまごろ》、殺されていたはずだぞ」

「たまたまじゃないわよ。みんなが一生懸命《いっしょうけんめい》、お城を守ってくれたからよ。今だって、船乗りさんたちが一生懸命、頑張《がんば》ってくれているわ」

「そりゃあ、頑張ってはくれるだろうけど……」

リッケは不満そうに口を尖《とが》らせる。

「だからといって、嵐を乗り越《こ》えられるという保証《ほしょう》はないだろ？」

「わたしたちは、ここでこうしてるしかないんだから、せめてみんなを信じましょうよ」

ルーシアはそう言うと、リッケの頰《ほお》に手を伸《の》ばそうとした。

しかし、リッケはその手を乱暴《らんぼう》に払《はら》いのける。

「信じたいとは思うさ。だけど、怖《こわ》くてしかたないんだ！」

まだ声変わりもしていない甲高《かんだか》い声で、リッケは叫《さけ》ぶ。

「みんなは、ボクを臆病《おくびょう》だって言う。ルーシアだって、そう思っているんだろ？」

「思ってなんかいないわ。本当を言えば、わたしだって怖くてしかたないもの……」

ルーシアはあわてて首を横に振《ふ》る。

「でも、リッケが側にいてくれるから、落ち着いていられるの。お城にいたときも、そうだったし」

「ボクが怖がってるのを見て、おもしろがっているからじゃないのか?」

「違《ちが》うわ……」

ルーシアは、今にも泣きそうな顔になっている。

「そこまでよ」

エメルが苦笑《くしょう》しながら、リッケとルーシアの口を手で塞《ふさ》ぐ。

「わたしを挟《はさ》んで、喧嘩《けんか》なんかしないでくださいな。こそばゆくなるわ」

「ごめんなさい……」

リッケが素直《すなお》に謝《あやま》る。

「違うの、わたしのほうが悪いの」

ルーシアがエメルに訴《うった》える。

それを見て、リッケがまた不機嫌《ふきげん》な顔になった。

「ボクは、海の民の男なんだ。お爺《じじ》の跡《あと》を継《つ》いで、族長にならなくちゃならない。今のままだと、みんなの笑いものだ。もっと勇敢《ゆうかん》で、強い男になりたいんだ……」

「シヴィルが言ってたわ。あなたはとても賢《かしこ》くて、優《やさ》しいって。いつも、みんなのことを考えているから……」

エメルが目を細めて、リッケを抱《だ》き寄《よ》せる。

「海の民をまとめるには、それじゃあ駄目《だめ》なんだよ」

「いいえ、とても大切なことだわ」

エメルは優しく微笑《ほほえ》む。

「慰《なぐさ》めなんかいらない。みんなが嵐《あらし》と戦っているときに、こうして船室で震《ふる》えているだけなんて。これじゃあ、たとえ航海に成功したとしても、ボクは誰にも認《みと》めてもらえない」

リッケはそう言うと、壁《かべ》のほうを向いて、ごしごしと腕《うで》で目をこする。

エメルはため息をつき、救いを求めるようにミレルとアイラを振《ふ》り向いた。

「男の子は大変だね」

ミレルが気のない声で言った。

「リウイ王子も、子供《こども》の頃《ころ》は大人しくて、賢かったのよ……」

アイラは言いかけたが、慰めにも励《はげ》ましにもなっていないと気付き、それ以上は続けなかった。

「ボクにも本物のバルキリーがついていてくれたら……」

リッケは誰にも聞こえないように、ぽつりとつぶやいた。

そのとき船がひときわ激《はげ》しく揺《ゆ》れ、五人は床《ゆか》に転がる。

「喜びの野から、迎《むか》えがきたのかもね……」

ミレルが起きあがりながら、呆《ほう》けた声で言った。

3

本物の嵐とは、こういうものだということを、リウイは初めて理解《りかい》した気がした。

水の塊《かたまり》のような雨が全身を殴《なぐ》りつけ、船は波に弄《もてあそ》ばれるように大きく上下する。ときおり予期せぬ横波に襲《おそ》われ、激しく揺さぶられることもある。

まだ昼間のはずだが、厚《あつ》い雲に遮《さえぎ》られ、周囲は夜のように暗い。

リウイが帆柱《ほばしら》に魔法《まほう》の明かりを灯《とも》したが、甲板《かんぱん》全体を明るくするほどの強さはない。

船は強い海流に押《お》し流され、凄《すさ》まじい速度で動いている。海というより、峡谷《きょうこく》の激流《げきりゅう》を下ってゆくようだった。

だが、その感覚もいつの間にか麻痺《まひ》し、今、自分たちが動いているのか、止まっているのかさえ分からなくなる。

「いったい何周、回ったんだろうな」

船縁《ふなべり》に身体《からだ》を縛《しば》りつけたまま、リウイは大声で言った。

すぐ側には、メリッサとジーニがいる。

それでも大声を出さないと、声は届《とど》かない。

メリッサは先程《さきほど》まで〈戦《いくさ》の歌〉を唄《うた》いつづけていたが、さすがに声が嗄《か》れ、今はぐったりとしていた。

ジーニが彼女を気遣《きづか》い、波にさらわれぬよう腰《こし》に手を回している。

「陸のうえなら、迷《まよ》ったことはないんだがな」

ジーニが答えた。

彼女が頰《ほお》に描《えが》いている呪払《のろいばら》いの紋様《もんよう》は、濡《ぬ》れた指で何度もなぞったため、すっかり流れ落ちている。

だが、本人は気付いていないようなので、リウイは黙《だま》っていた。こういうものは、気の持ちようなのだ。彼女があると信じているかぎり紋様はある。

舵《かじ》を取るグーセンも、漕《こ》ぎ手たちも、潮《しお》に流されつつも必死になって船の舳先《へさき》を左に向けている。

だが、流れがあまりに強く、また波も荒《あ》れているため、なかなかうまくゆかないようだ。

「どうやら、潮の中心部分の流れが速くなっているようだ。そこから、なかなか抜《ぬ》けられんのだ！」

リウイたちの会話が聞こえたのか、グーセンが声をかけてきた。

「わしの力では、ぴくりとも動かん」

老人は渾身《こんしん》の力を込《こ》めているのか、それとも悔《くや》しさのためか、顔が赤黒くなっている。

「今、行く！」

リウイは船縁を摑《つか》みながら、船尾《せんび》に向かって、慎重《しんちょう》に移動《いどう》する。

「漕ぎ手たちは、何をしているんだ？」

「波が高くて、櫂《かい》を出せんのだ。無理をすれば、櫂が折れてしまうからな」

「方向を変えるには、舵《かじ》に頼《たよ》るしかないってことだな」

「そういうことだ。しかし、船は流れに対し、まっすぐ向こうとする。ここまでは、それに逆《さか》らってきたが、もう限界《げんかい》だ……」

その瞬間《しゅんかん》、横波が襲《おそ》いかかってきて、船がひときわ激しく揺れた。

波頭《なみがしら》は甲板にまで達し、グーセンは足をすくわれて、転がった。舵を握《にぎ》っていた手も離《はな》れる。

リウイは咄嗟《とっさ》にグーセンの腕《うで》を捕《つか》まえると、もう片方《かたほう》の手で、舵を握った。

渾身の力を込めて、波にさらわれそうになる老人を引き戻《もど》す。

船室にいたミレルとアイラたちが床《ゆか》に転がったのはこのときだが、無論《むろん》、リウイの知るところではない。

「大丈夫《だいじょうぶ》か？」

リウイは老人を立ち上がらせると、船縁に掴まらせた。

「知識《ちしき》と経験《けいけん》は積んだが、肝心《かんじん》の力が衰《おとろ》えていたとはな……」

老人は悔しそうに自分の腕を見つめる。

「舵はオレが取る。だが、力加減《かげん》は分からないからな。隣《となり》にいて、指示《しじ》を出してくれないか？」

「舵が折れたらおしまいだが、潮の流心を抜けるまでは、力任《ちからまか》せでゆくしかあるまい。その図体は飾《かざ》りではないだろうな」

「まあ、見ていてくれって」

リウイはにやりとした。そして舵を持つ手に力を込める。

すこし舵を動かしただけで、凄《すさ》まじい抵抗《ていこう》が返ってきた。船は右に大きく傾《かたむ》き、船体が悲鳴をあげるように軋《きし》む。

「これで、どうだ？」

リウイは歯を食いしばりながら、なおも舵を保《たも》つ。

「もっとだ！　ここを一気に抜ければ、後は楽になる」

「了解《りょうかい》……した！」

リウイは気合いの声をあげながら、さらに力を入れた。

より深く舵を切り、船の針路《しんろ》を変えてゆく。

「そうだ！　そのまま保て！」

「いつまで……だよ？」

「わしが、いいと言うまでだ！」

それに返答する代《か》わりに、リウイは雄叫《おたけ》びをあげた。

腕は、今にも破裂《はれつ》しそうなほどに膨《ふく》らみ、ぶるぶると震《ふる》えが走っている。

昔は一瞬、力を使っただけで、すぐ疲《つか》れたものだが、長い冒険者《ぼうけんしゃ》生活のあいだに筋肉《きんにく》の質《しつ》が変わってきたのか、今では比較《ひかく》的、長い時間、力を発揮《はっき》できるようになった。

だが、それにも無論《むろん》、限界《げんかい》がある。

リウイの顔が、先刻《せんこく》のグーセンのように、赤黒くなってゆく。

だが、姿勢《しせい》はまったく動かない。そしてゆっくりとではあるが、船は左へ左へと針路を変えていた。

「もうすこしだ！　潮の流れが、弱くなってきたぞ！」

眼下《がんか》の海を見つめながら、グーセンが叫《さけ》ぶ。

たしかに、舵にかかる水の抵抗は、小さくなった気がする。だが、一瞬でも気を抜けば、舵を持っていってゆかれてしまうだろう。

リウイは歯を食いしばり、ひたすら耐《た》えた。口の端《はし》に血の泡《あわ》ができていたが、無論、気付くはずもない。

そして――

「よし、もうよかろう……」

グーセンはリウイの腕をぽんと叩《たた》き、合図を送ってきた。

リウイは大きく息を吐《は》きだしながら、力を緩《ゆる》めていった。

船はふたたび潮《しお》に乗って、流されはじめる。

「よくやったな」

グーセンはリウイに労《ねぎら》いの言葉をかけ、舵を受け取った。

リウイは倒《たお》れこむように、船縁に摑《つか》まると、しばらくのあいだ激《はげ》しく咳《せ》き込《こ》んだ。

「……まだ嵐《あらし》のなかだぜ?」

そして息を整えてから、訊《たず》ねる。

「もうしばらくのことだ。雨も風も、潮も波も、穏《おだ》やかになっただろう?」

「……どこがだよ?」

リウイの目には、状況《じようきよう》が変わっているようにはまったく見えなかった。

「すぐに分かるわい」

グーセンはふんと気合いを入れ、舵を切ってゆく。そして彼の言葉は間違《まちが》ってはいなかった。しばらくすると、風も雨も収《おさ》まり、波も緩《ゆる》やかにうねるだけになった。

「さあ、漕《こ》ぎ手たちよ。今こそ、出番だぞ」

グーセンが大声で呼《よ》びかけると、漕ぎ手たちは一斉《いっせい》に海に櫂《かい》を入れた。

そして老船乗りのかけ声に合わせて、漕ぎはじめる。

風の音が静かになると、船首のほうから竪琴《たてごと》の音が聞こえてきた。魂《たましい》の奏者《そうしゃ》は、嵐のあいだも、ずっと演奏《えんそう》を続けていたのだろう。

シヴィルも、まるで海神の生贄《いけにえ》に捧《ささ》げるように、帆柱《ほばしら》に自らを縄《なわ》で縛《しば》り、漕ぎ手たちを叱咤《しった》激励《げきれい》していた。

嵐の海を越《こ》えるあいだに、三人の船乗りが波にさらわれて姿《すがた》を消していた。

だが、あの嵐の激しさを思うと、犠牲者《ぎせいしゃ》は最小限《さいしょうげん》で済《す》んだというしかない。

空は次第《しだい》に明るくなり、風は暖《あたた》かで、進行方向から吹《ふ》くようになった。やがて空は晴れあがり、風も止まる。

船は、嵐の海を完全に越えたのだ――

4

嵐の海の向こう側は、まるで別世界であった。

北の地とは思えぬほど、陽射《ひざ》しはまぶしく、風は暖かい。

海の水は青く澄《す》み、色鮮《いろあざ》やかな珊瑚《さんご》が見える。

嵐の海では、風と水の精霊王《せいれいおう》が争っているというから、ここでは炎《ほのお》と大地の精霊力が比《ひ》較《かく》的、強いのかもしれない。

しばらく進むと、言い伝えのとおり、いくつかの島々が発見された。

いちばん近くにあった島に上陸し、船を砂浜に引き揚《あ》げた。

すぐに日も暮《く》れ、そのまま陸で夜営《やえい》をすることになった。

何日も嵐の中にいた気がしていたが、実は半日ほどのことだったのである。

三人の犠牲者の冥福《めいふく》を祈《いの》ったあと、食料と酒が振《ふ》る舞《ま》われ、ちょっとした宴《うたげ》となった。

だが、嵐を越えた後なので、さすがに皆《みな》、疲労《ひろう》が激しく、次々と眠《ねむ》りに着く。

夜になっても暖かく、寝具《しんぐ》など必要なく、みんなは思い思いの場所で眠った。

そして一夜が明けると、海の民の男たちは船の点検《てんけん》を始めだした。

激しい嵐を抜《ぬ》けてきたので、建造《けんぞう》したての大型船も、さすがに無傷《むきず》ではいられなかった。

船体のあちこちが破損《はそん》し、櫂《かい》も何本か失っている。舵を留《と》めるための金具も、ひどく傷《いた》んでいた。

男たちは木《き》を伐りだし、櫂や補強《ほきょう》用の板を造《つく》る。また、余《あま》った木材は炭にして、傷んだ金具をその場で打ち直す。彼らは皆《みな》、優秀《ゆうしゅう》な職人《しょくにん》でもあるようだ。

それから、船の積荷をすべて荷揚《にあ》げする。

この島を財宝探索《ざいほうたんさく》の基地《きち》にするのだ。財宝を見つけだすのは、嵐の海を越えることに比《くら》べれば、簡単《かんたん》なはずだと誰《だれ》もが思っていた。

なにしろ、ギアースの氏族に伝えられていた財宝の地図がある。

地図が示《しめ》す場所に行って、財宝を積み込むだけでいいはずだった。

むしろ嵐の海をもう一度、抜けて帰るほうが大変だろう。しかし一度、乗り越えた経験《けいけん》は自信になっている。

誰もが、この航海の成功を確信《かくしん》していた。

しかし、それは甘《あま》い考えだったと、思い知らされたのである。

船の修理《しゅうり》を終え、目的の場所に向かったのだが、そこには財宝どころか、島さえもなかったのだ。

地図が間違《まちが》っているのか、あるいは何かの秘密《ひみつ》が隠《かく》されているのかは分からない。

それでも楽観的な気分は、変わらなかった。この海域《かいいき》には、七つしか島はない。どれも、大きいわけではなく、隈無《くまな》く探《さが》しても、たいした日数はかからないと思われたのだ。

食料と水も十分に余裕《よゆう》があり、その気になれば、現地《げんち》調達もできる。

しかし、すべての島をひとつとおり探しても、財宝が発見されることはなかった。

5

「いったい、どういうことなんだ？」

ひとりの男が〝嵐《あらし》を駆《か》る者〟の異名《いみょう》を持つ老人に、詰《つ》め寄《よ》っている。

嵐の海を越《こ》えてから、すでに五日めの夜を迎《むか》えている。

昨日までの楽観気分は嘘《うそ》のように消え、誰もが焦燥感《しょうそう》を抱《いだ》いていた。

「どういうことかと言われてもな……」

グーセンは困惑《こんわく》の表情《ひょうじょう》である。

彼自身が、その問いを誰かにぶつけたいところだろう。

リウイは、グーセンから財宝の地図を借《か》り、隅々《すみずみ》まで調べてみた。仲間たちにも見せたし、シヴィルたちオラン聖剣《せいけん》探索隊にも回した。

地図には財宝の在処《ありか》が示《しめ》されているだけで、文字の類《たぐい》は一切《いっさい》ない。

最大の問題は、印のついている場所に、島がないということである。

念のため、素潜《すもぐ》りの得意な者が、辺《あた》りの海底を調べてみたが、何も見つからなかった。

島の形や位置も手書きの地図ゆえ、正確とは言い難《がた》い。

「地図を読むのは得意なつもりでいたんだが……」

リウイはため息をつきながら、浜辺に仰向《あおむ》けに寝転《ねころ》がった。

満天の星空である。

じっと見ていると、星が残らず落ちてきそうな、あるいは自分のほうが吸《す》い込《こ》まれてゆきそうな錯覚《さっかく》にとらわれるほどだった。

「あまり考えたくはないけど、財宝は誰かに取られた。あるいは、最初からなかったと考えるのが、いちばん自然じゃないかしら？　あるいは、海の底に沈《しず》んでいるのかもしれないし……」

アイラが意見を言った。

「あの嵐を越えてくる者がいるとは、正直、思えないけどな……」

リウイは首をひねった。

実際《じっさい》、この身で体験しただけにそう思えるのだ。

海賊王《かいぞくおう》バラックの財宝は、大陸中の誰もが知る有名な伝説である。

挑戦《ちょうせん》しようと思う者は何人もいたことだろう。しかし、あの嵐を見れば、怖《お》じ気《け》づいて帰るに違《ちが》いない。引き返さなかったとしても、嵐の海を無事、越えられるとは思えない。

海の民は嵐の海に関する知識《ちしき》があり、最高の船を用意し、最高の船乗りを揃《そろ》えていたからこそ、なんとか突破《とっぱ》できたのだ。

「財宝が最初からないというのも、考えられない。これまで魔法《まほう》の石盤《せきばん》が、間違っていたことはなかったしな……」

墜《お》ちた都市レックスの遺跡《いせき》にあった魔法王の鍛冶師《かじし》ヴァンの屋敷《やしき》で発見された石盤には、ヴァンが鍛《きた》えた魔法の武具《ぶぐ》の一覧表《いちらんひょう》が表面に記《しる》され、裏面《うらめん》にはその所在地《しょざいち》が、世界地図上に光点で表示《ひょうじ》されている。

自ら鍛えた武具の在処を監視《かんし》するなど、ヴァンの偏執《へんしゅう》的な性格《せいかく》を感じるが、おかげで魔法王《ファーラム》の剣の探索は容易《ようい》になっている。

今のところ、目的の物は見つかっていないが、いくつかの武具の回収《かいしゅう》には成功し、あるいは所有者が特定されている。そしてこの群島《ぐんとう》を示す場所にも、光点が灯《とも》っている。航海のあいだも、それは動いていなかった。

だから、ヴァンの武具だけは、少なくともあるはずなのだ。

「あまり気は進まないけれど、シャザーラに訊《き》いてみましょうか?」

「それは最終手段《しゅだん》として取っておこうぜ」

もとは洋燈《ランプ》の精霊《せいれい》であった知識魔神《ナレッジデーモン》シャザーラは今、アイラが所持する魔法の指輪に封印《ふういん》されている。それをはめると意思《いし》の疎通《そつう》ができ、知識魔神が持つ全知の能力《のうりょく》を引き出すことができる。

しかし、シャザーラと接触《せっしょく》するたびに、魂《たましい》が蝕《むしば》まれてゆくような感覚があるのだそうだ。

それゆえリウイは、アイラにその能力を使うのをやめさせている。

魔法の指輪を贈《おく》ったのは、他ならぬ彼自身で、そのせいでアイラは一時、魔法の指輪に閉《と》じこめられていたことがある。同じ過《あやま》ちを繰《く》り返すわけにはゆかない。

「地図が正確《せいかく》でなかったとしたら、手がかりはないわよね。すべての島を探《さが》したけれど、見つからなかったわけだし……」

「まったくだよな」

リウイは大きくため息をついた。

「おふたりも賢者《けんじゃ》たるべき魔術師《まじゅつし》でしょう？　もうすこし知恵《ちえ》を使われたらいかがですか？」

そのとき一枚《まい》の紙を持って、オラン聖剣探索隊の少年魔術師アストラが近づいてきた。

「今、知恵を絞《しぼ》っているところなんだけどな。それはなんだい？」

リウイは苦笑《くしよう》まじりに訊《たず》ねた。

アストラが天才と呼《よ》ばれていることは知っている。たしかに、高位の導師級《どうしきゆう》の魔術を使えるし、知識も豊富《ほうふ》で頭も切れる。

だが、才能を実践《じつせん》で示《しめ》せるかどうかは別問題である。

「この群島の地図ですよ。皆《みな》さんが、財宝を探索されているあいだに、ちゃんと測量して作りましたから、間違いなく正確です」

アストラは澄《す》ました表情《ひようじよう》で言った。

リウイは地図を受け取って、地面に広げる。一見しただけで、見事な出来だと分かる。

この場で平伏《ひれふ》そうかという気分になった。

「ラヴェルナ導師《どうし》もそうだけど、やっぱり天才と呼ばれる人は違うわねぇ……」

アイラが魔法の眼鏡《めがね》に手をかけて地図を覗《のぞ》きこみながら、感心したように言った。

「財宝の地図とだいたい同じ大きさにしておきましたから、参考になると思いますよ」

「とりあえず、比《くら》べてみようぜ」

リウイは言うと、ふたつの地図を左右に並《なら》べた。

そしてすぐに分かったことがある。

「財宝の地図は正確ではないが、アストラの作ったものと、それほどずれているわけじゃないな。ただ……」

「一カ所だけ、大きく違っているわね」

リウイの言葉に、アイラがうなずく。

「そうなのです。重ねてみると、もっとよく分かりますよ」

アストラに言われたとおり、リウイは二枚の地図を重ね、近くで焚《た》かれている炎《ほのお》のほうに向けてみた。

「ひとつだけ、島が動いているのか……」

思わず驚《おどろ》きの声が出た。

六つの島の位置と形は、ほぼ一致《いっち》している。しかし、ひとつの島だけが大きく位置をずらしているのである。しかもその島の形と大きさは同じだ。単純《たんじゅん》な楕円形《だえんけい》の島である。

しかも、財宝の地図では、その島に印が打たれている。

「地図を比べるかぎりでは、そう考えるのが妥当《だとう》でしょうね」

アストラは得意そうだった。

「でも、それってどういうことなのかしら？　島が動くなんてこと、あるはずないわよね？」

「常識《じょうしき》に縛《しば》られているかぎりはそうです。しかし、賢者たるべき魔術師はいかに突飛《とっぴ》なものでも、可能性《かのうせい》があればそれを考慮《こうりよ》に入れるべきです」

「わたしはただの魔法の宝物収集家《マジックアイテムコレクター》でいいから、あなたの考えを教えてよ」

アイラが不満そうにアストラに言う。

「もしかして、動く島の伝説か？」

リウイのほうは思いつくことがあり、ふかく腕組《うでぐ》みをしながら、そうつぶやいた。

「動く島の伝説って白鯨《ザラタン》のこと？　島魚《アイランドフィッシュ》の別名で呼ばれる伝説の魔獣よね？」

「その通り。島は普通《ふつう》、動きません。もし動いたとしたら、それは島ではないということです」

アストラは、拍手しながら言った。

「動く島の伝説なら、わしも聞いたことがある。いや、その伝説を広めたのは、わしら海の民なのだ……」

三人の魔術師たちの話に耳を傾《かたむ》けていたグーセンが、得意そうに胸《むね》を張《は》った。

「伝説の出所までは知らなかったな」

リウイが老人に笑いかけ、話を促《うなが》す。

「それは、彼の古《か》代王国が栄《さか》えていた頃《ころ》の話じゃ。その頃から、わしらは世界中の海に乗り出しておった。そして、ある一隻《せき》の船が、大海に浮《う》かぶ孤《こ》島《とう》を発見した。真っ白な地面

の美しい島だったそうだ。夜も近く、波も荒《あ》れていたので、その島に船を引き揚《あ》げ、休息を取ることにした。そして島に生えていた木《き》を伐りだし、焚《た》き火をはじめたんじゃ……」

グーセンはそこでいったん言葉を切ると、聴衆《ちょうじゅう》を見回した。昔話をするのが好きであり、得意でもあるのだろう。彼のような老人の語りを聞いて、海の民の子供《こども》たちは、海の彼方《かなた》に憧《あこが》れを抱《いだ》くのかもしれない。

「焚き火をはじめてしばらくするとじゃ、あろうことか突然《とつぜん》、島が揺《ゆ》れはじめた。地震《じしん》かと思ったが、そうではなかった。島は水柱のような潮《しお》を吹《ふ》きあげ、雷鳴《らいめい》のような咆哮《ほうこう》をあげた。あわてて、船乗りたちは船を海へ押《お》し出し、乗り込んだ。沖へ向かって、全速で逃《に》げようとしたのだが、島は驚《おどろ》くほどの速度で追いかけてくる。そして大きな口が開き、船をひと飲みにしてしまった。船乗りたちが、島だと思ったのは、実は巨大《きょだい》な鯨《くじら》だったというわけじゃ。その後、船乗りたちは鯨の体内でしばらく暮《く》らし、無事、帰り着いたそうだが……。鯨の体内には財宝《ざいほう》もあり、それを持ち帰ったという話も伝わっておる。無論《むろん》、真実はわからんがな。だが、同じような昔話は、いくつも伝わっているから、わしら海の民は動く島の伝説を信じている。だから、白い島が浮かんでいるのを見ても、決して上陸したりはせんのだ……」

「いかにも、伝説っぽいけどねぇ」

アイラが首を横に振《ふ》る。

「まだ憶測《おくそく》だからな。だが、それを確《たし》かめるのは難《むずか》しくはない」

リウイが笑いかける。

「いったい、どうするのよ？」

「伝説に倣《なら》うのさ」

「それって、つまり……」

アイラは驚きのあまり、それ以上、言葉を続けられなかった。

「問題の島で、火を焚いてみるのさ。伝説どおりなら、白鯨はその熱さで怒《いか》り狂《くる》い、動きだすだろう……」

「でも伝説だと、その後、船乗りたちは……」

「白鯨に飲まれたよな。それこそが、狙《ねら》いなんだ。オレたちはこの群島《ぐんとう》をくまなく調べた。だが、財宝は見つかっていない。だが、調べてない場所がまだあったということさ」

リウイは平然と言った。

「白鯨のお腹《なか》のなかということ？」

アイラは力が抜《ぬ》けたように、その場に座《すわ》りこんだ。

信じられない、と何度も繰《く》り返す。

「ただの直感だが、バラックの財宝は、きっとそこにある」

リウイは確信《かくしん》の表情《ひょうじょう》で言った。

第5章　白鯨《ザラタン》

1

見渡《みわた》す海も、見上げる空も、限《かぎ》りなく青い。降《ふ》り注《そそ》ぐ日差しは眩《まぶ》しく、真っ白な砂浜《すなはま》に反射《はんしゃ》し、目も開けていられないほど。

だが、遠くに目を凝《こ》らせば、灰色《はいいろ》の壁《かべ》が取り巻《ま》いている。それを見て、ここが嵐《あらし》の海に囲まれた群島《ぐんとう》であることを思い出す。

リウイは浜辺に腰《こし》を下ろし、ぼんやりと視線《しせん》を巡《めぐ》らせていた。

「リウイ〜！」

名を呼《よ》ばれ、声のほうを振《ふ》り向く。

波間に、黒い頭がひとつ浮《う》かんでいた。

「どうだった？」

ゆっくり立ち上がり、大声で呼びかける。

両腕《りょううで》で水を掻《か》きながら、ミレルが近づいてきた。

「調べてきたよ……」

ミレルは浜にあがると、犬のように頭を振って、濡《ぬ》れた髪《かみ》から水気を飛ばす。

下着姿《すがた》で、水に濡れて胸《むね》がなかば透《す》けている。育ち盛《ざか》りのはずだが、出会ったときと、さほど変化がないように見える。

「ご苦労だったな」

リウイは厚手《あつで》の布《ぬの》を手渡した。

「びっくりしたよ」

身体《からだ》を拭《ふ》きながら、普段《ふだん》からつぶらな目をさらに丸くする。

「あんまり大きいんで、なかなか確《たし》かめられなかったけど、鰭《ひれ》みたいなものが身体の横から伸《の》びていた。鯨《くじら》なんて、これまで見たことないけど、この島が魚なのは間違《まちが》いないと思う」

「アストラの予想は、当たっていたわけだな……」

リウイは腕を組み、感心したようにつぶやく。

「まさに〝島魚《アイランドフィッシュ》〟よね」

ミレルが相槌《あいづち》をうつ。

今、立っている場所は、島ではなく、巨大《きょだい》な鯨の魔獣《まじゅう》の背中《せなか》なのだ。

賢者《けんじゃ》たちは〝白鯨《ザラタン》〟と名づけている。伝説では知られているものの、実在《じつざい》を疑《うたが》われていた魔獣だ。

アレクラスト博物誌《はくぶつし》を著《あらわ》したオーファンの宮廷魔術師《きゅうていまじゅつし》ラヴェルナも、鯨の項目《こうもく》で、ザラタンにまつわる伝説を紹介《しょうかい》したものの、実在については不明としていた。

(あとで報告《ほうこく》しないとな……)

ラヴェルナは、すぐに博物誌を改訂《かいてい》することだろう。

そのとき、三方から三人の女性《じょせい》たちが歩いてくるのに気づいた。

ジーニ、メリッサ、アイラである。

「そっちは、どう?」

ミレルが三人を見回した。

「頭が、あった」

ジーニは呪払《のろいばら》いの紋様《もんよう》を指でなぞりながら、ぼそりと答える。

「こちらは尾《お》でしたわ。平たくて、ふたつに分かれていますのね」

メリッサは優雅《ゆうが》な動作で、自分が見たものの形を宙《ちゅう》に描《えが》く。

「わたしのほうは鰭ね」

アイラは右手を横に伸ばすと、ぱたぱたと上下に動かす。

「この島が魔獣ザラタンなのは、もう間違《まちが》いないな……」

リウイはうなずくと、三人に労《ねぎら》いの言葉をかけた。

いきなり焚《た》き火を熾《おこ》すと、リウイは主張《しゅちょう》したのだが、ミレルたちが調べると言ってくれたのだ。それで朝を待って、彼女たちに潜《もぐ》ってもらった。

「やっぱり、行くのよね？」

アイラがため息まじりに訊《たず》ねた。

リウイはバラックの財宝《ざいほう》は、魔獣の腹《はら》のなかにあると推測《すいそく》している。

「船に戻《もど》って、このことを報告《ほうこく》しないとな……」

リウイは、仲間たちにうなずきかけた。

「万物《ばんぶつ》の根源《こんげん》、万能《ばんのう》の力……」

アイラはゆっくりと上位古代語《ハイ・エンシェント》を詠唱《えいしょう》しはじめる。

「我《われ》らが双脚《そうきゃく》は、時空を超《こ》える！」

そして〈瞬間移動《テレポート》〉の呪文は完成し、リウイたちの姿《すがた》は魔獣の背《せ》から消えた。

2

波打《なみう》ち際《ぎわ》で、リッケは膝《ひざ》を抱《かか》えていた。

青く澄《す》んだ海を、ぼんやりと眺《なが》めている。

「そんなところで、何をしているの？」

ルーシアが背後《はいご》から近寄《ちかよ》り、少年の隣《となり》に腰《こし》を下ろした。

「何だっていいだろ！」

リッケはそっぽを向く。

「あの島が、鯨《くじら》さんだなんて……」

信じられないわ、とルーシアはつぶやく。

視線《しせん》の先には、楕円形《だえんけい》をした小さな島が浮《う》かんでいた。それが巨大《きょだい》な鯨の魔獣だというのだ。

リウイという名の異国《いこく》の王子が、仲間の女性《じょせい》とともに、それを確《たし》かめてきたのだ。

しかも、リッケの先祖《せんぞ》であるいにしえの海賊王《かいぞくおう》バラックの宝物《たからもの》は、鯨のお腹のなかにあるという。

みんなで話し合い、鯨の腹のなかに入って取ってくるしかないということで決した。

そのためには、どうすればいいかも、異国の王子に考えがあった。

問題は誰《だれ》が行くかだったが、それもさっき決まった。

「わたしたちは、鯨さんに飲み込《こ》まれちゃうのね……」

信じられないわ、と少女は繰り返す。

「まったくだよ。死ぬような思いをして嵐《あらし》の海を越《こ》えてきたというのに、今度は魔獣のお腹の中に飛び込もうだなんて。あの異国の人たちは、どこかおかしいんだ……」

リッケは膝に顎《あご》をつけ、すねたように言う。

「でも、宝物がそこにあるんだから、しかたないでしょ？」

「魔獣に飲み込まれて、無事でいられるわけがない。ボクたち、きっと死んでしまうよ！」

「だったら、残ると言えばよかったじゃない？　リウイ様やシヴィル様は、自分たちだけで行くって仰《おっしゃ》っていたでしょ？」

「残れるわけないだろ？　ボクは船長なんだから。どんな危険《きけん》な場所だって行くしかないんだ！」

リッケは、ルーシアを睨《にら》みつけた。

「ここまで来ただけでも立派《りっぱ》だって、みんなが言ってくれてたじゃない？」

「お爺《じじ》はきっと認《みと》めてくれない。ボクは海の民《バイキング》の男として誰よりも強くならなくちゃいけないんだ……」

「だったら、くよくよしないでよ！」

ルーシアはいきなり立ち上がると、リッケに海水をかけた。

「いきなり、何をするんだよ！」

リッケは腰《こし》を下ろしたまま、後ずさりしようとする。

「リッケの意気地《いくじ》なし！」

だが、ルーシアは容赦《ようしゃ》なく、海水を浴びせ続ける。もっとも、彼女のほうが、水を多くかぶっていた。

「ゆ、許《ゆる》さないぞ！」

リッケは顔を真っ赤にして、立ち上がると、ルーシアに摑《つか》みかかろうとする。

だが、少女はひらりと身をかわし、波打ち際《ぎわ》に沿《そ》って走った。

「捕《つか》まるもんですか！」

駆《か》けながら、ルーシアは挑戦《ちょうせん》的に叫《さけ》ぶ。

「待てよ！」

少女を追いかけて、リッケも走りだした。

そんなふたりの様子を、異国の王子ことリウイは、すこし離《はな》れた場所からにやにやと眺《なが》めていた。

黄色い色をした果物《くだもの》をひとつ手にしている。

「ここは、この世の楽園だよなぁ」

しみじみとつぶやく。

嵐の海に囲まれたこの群島は、炎《ほのお》と大地の精霊力《せいれいりょく》が強いらしく、気温こそ高いが湿気《しっけ》は少なく不快《ふかい》感はまったくない。

陸は密林《みつりん》で覆《おお》われ、様々な果物が自生している。川は清らかで、珊瑚礁《さんごしょう》に囲まれた海は限《かぎ》りなく透明《とうめい》。魚はいくらでも手づかみで取れる。

「ああしていると、子供《こども》よね」

リウイの背後《はいご》で、濡《ぬ》れた髪《かみ》を拭《ぬぐ》いながら、アイラが微笑《ほほえ》んだ。

髪や服に染《し》みついた塩気を洗《あら》い流すため、水浴びに行っていたのだが、彼女ひとり先に帰ってきたのである。

「ふたりとも戦火のなかで育ったわけだからな。不憫《ふびん》なものさ」

「まったくよね。いつまでも遊ばせてあげたいけど……」

「そうもゆかないんだよな」

今、海の民の男たちが、小船を一隻《せき》、建造《けんぞう》している。それが完成すれば、巨大《きょだい》な鯨《くじら》の魔《ま》獣《じゅう》、白鯨《ザラタン》に挑《いど》むことになる。

ザラタンは別名〝島魚《アイランドフイッシュ》〟と呼《よ》ばれ、常《つね》に海面に背中《せなか》を出して泳ぐ。長い年月のうちに草や木で覆《おお》われ、本物の島のようになる。

成獣となったザラタンは、自《みずか》らはほとんど動かず、海面を漂《ただよ》うだけ。それでも浮《う》いているわけだから、潮《しお》に流され、ゆっくりと動く。だから、ギアース族長の家に伝えられていた財宝《ざいほう》の地図とは、島の位置がずれていたのだ。

「伝説の通りにゆくといいけどね……」

アイラは不安そうにつぶやく。

「こればかりは、試《ため》してみるしかないさ。他に方法はないしな」

魔法王の鍛冶師《かじし》ヴァンが鍛《きた》えた魔法の武具《ぶぐ》だけは、何があっても持って帰らねばならない。いかに危険《きけん》でも、シヴィルがあきらめるはずがないのだ。

「あなたには、これまでも、いろいろなところへ連れてゆかれたけどね……」

「残ってもいいんだぜ？」

リウイが笑いかける。

「そうもゆかないでしょ？　万が一のときには、〈瞬間移動《テレポート》〉の呪文《じゅもん》で脱出《だっしゅつ》させせないといけないんだから。いかに天才とはいえ、アストラひとりじゃ、全員は無理だわ」

アイラは、大きくため息をつく。

「わたしって、尽《つ》くす性格《タイプ》じゃなかったんだけどなぁ……」

「すまないな」

リウイはアイラを抱《だ》き寄《よ》せると、頬《ほお》に口づけをした。

「うまく操《あやつ》られている気分だわ……」

アイラは恨《うら》めしそうに言うと、リウイの顔を両手で挟《はさ》み、強引《ごういん》に正面を向かせると、顔を寄せ、唇《くちびる》を重ねた。

3

船が完成したのは、建造に取りかかってから、わずか五日後のことだった。

形状《けいじょう》は海の民の標準《ひょうじゅん》的な交易船《こうえきせん》とほぼ同じ。小型で二十人ほどが乗船できる。

木材の材質《ざいしつ》が柔《やわ》らかく、長い航海には耐《た》えられないらしいが、海は穏《おだ》やかだし、すぐに白鯨《ザラタン》に飲み込まれる運命にあるので、問題はない。

船に乗り込むのは、シヴィルたちオラン聖剣探索隊《せいけんたんさくたい》の五人。リウイたちも当然、同行する。

海の民からはリッケとルーシアのふたり、魂《たましい》の奏者《そうしゃ》ラムス、そして八人の漕《こ》ぎ手だ。

舵取《かじと》りの老人グーセンは、最後まで同行すると言い張《は》ったのだが、帰りの航海に欠かせない人物なので強引《ごういん》に説得して、残らせた。

そして船は、海へと滑《すべ》りだした。目指《めざ》すのは白鯨《ザラタン》の背《せ》である。

わずかな距離《きょり》であり、すぐに到着《とうちゃく》した。

「はじめるぞ……」

リウイひとりが船から降《お》り、ザラタンの背に上陸すると、全員に声をかけた。

斧《おの》を一本、手にしている。

浜辺に打ち上げられている流木を集め、斧を振《ふ》るい、手頃《てごろ》な大きさに砕《くだ》き、積み上げていった。

そこへ油をたっぷりとかける。

「さて、と……」

リウイは火打ち石を使い、火を熾《おこ》した。

油がまず燃《も》えあがり、積みあげた薪《まき》が炎《ほのお》に包まれてゆく。

真っ黒な煙《けむり》が、天に上る。

リウイは船へと走り、ジーニに手を借《か》りて、引き上げられた。

「様子はどうだ？」

「よく燃えている……」

ジーニが答えた。

リウイは振り返り、船縁《ふなべり》に手をかけて、焚《た》き火を見つめる。

真っ赤な炎が立ち上っており、薪が爆《は》ぜる音がひっきりなしに響《ひび》く。

「沖へ出るぞ」

リウイは海の民の漕ぎ手たちに声をかける。

「分かった……」

漕ぎ手たちは緊張《きんちょう》した表情《ひょうじょう》で答えると、櫂《かい》を動かし、波打ち際《ぎわ》から数十歩の距離《きょり》まで船を進めた。

全員が固唾《かたず》をのんで、事の成り行きを見守っている。

「変化ないね……」

しばらく待ってから、ミレルがつぶやいた。

「焚き火が小さかったのではないのか？」

不信感を隠《かく》そうともせず、シヴィルが訊《たず》ねてくる。彼女は、あいかわらず戦乙女《バルキリー》の装束《しょうぞく》のままだ。

最初は違和《いわ》感もあったが、今ではすっかり慣《な》れた。似合《にあ》っているとも思う。

「もうすこし、待ってみようぜ。あれで足りなかったら、もっと大きな焚き火を熾《おこ》すまでだ」

「森を焼いてしまえばいいのです。ここから、〈火球《ファイアボール》〉の呪文《じゅもん》でも撃《う》ち込みましょうか？」

天才魔術師《まじゅつし》少年のアストラが、真顔で言った。

「過激《かげき》ねぇ……」

アイラが呆《あき》れ顔になる。

「何が起こるか分からないからな。魔力は温存《おんぞん》しておこうぜ」

リウイが、アストラに笑いかけた。

「そうですね。いざとなれば、あの魔獣《まじゅう》を倒《たお》さねばなりませんし……」

「頼《たの》もしいかぎりだな」

リウイは思わずため息をついた。

それができれば、確《たし》かに問題は解決《かいけつ》だ。だが、どうやれば、この巨大《きょだい》な鯨《くじら》の魔獣を倒すかは、想像《そうぞう》もできない。剣《けん》など、ザラタンにとっては爪楊枝《つまようじ》のようなものだ。

焚き火は、ますます激《はげ》しさを増《ま》して燃え盛《さか》っている。

だが、ザラタンは、まだ動かない。

「これは、駄目《だめ》かもな……」

リウイがあきらめかけたそのときだった——

「見て！　海面が！」

アイラが震《ふる》える声で指差す。

視線《しせん》を向けると青く澄《す》んでいた海が、白く光っていた。無数のさざ波が、陽《ひ》の光を乱反《らんはん》射《しゃ》していたのだ。

「島が、震えているよ」

ミレルが今度は、陸を指差す。

ザタンの背《せ》に生える木々が、風もないのに、ざわざわと枝《えだ》を揺《ゆ》らしていた。

「音……それとも声？」

メリッサが、耳に手を当てる。

低い音が、かすかに響《ひび》いていた。地鳴りのようにも、遠雷《えんらい》のようにも聞こえる。

「みんな、船に摑《つか》まっていろよ」

リウイが、警告《けいこく》を発する。

巨大な魔獣が目を覚まそうとしている。そう確信《かくしん》できた。

そして次の瞬間《しゅんかん》——

島が突然《とつぜん》、動いた。

巨大な水柱が、突如《とつじょ》として立ち上り、砕《くだ》けて霧《きり》となる。

魔獣の頭が、水中から姿《すがた》を現《あらわ》した。

上部は平らで、下部は緩《ゆる》やかに弧《こ》を描《えが》いている。

真っ白な体表に、小さな黒子《ほくろ》のような目がついていた。

口が開き、咆哮《ほうこう》が轟《とどろ》く。

思わず、耳を押さえた。全身が震えるほどの大音量だった。

巨大な白い鯨は、背中《せなか》から尾《お》まで順に晒《さら》しながら、ゆっくりと水に潜《もぐ》ってゆく。

その瞬間、海面が盛りあがるのが見えた。

「波が来るぞ！」

「船首を波に向けろ！」

海の民の漕《こ》ぎ手たちが、声を掛《か》けあい、船の方向を転じてゆく。

リウイの身長の倍ほどもある大波が、幾重《いくえ》にも連《つら》なって、船に迫《せま》ってきていた。

かろうじて間に合い、船首から波に乗る。

船は持ち上げられ、波が通り過《す》ぎると、支《ささ》えを失い、海面に叩《たた》きつけられた。

それが、何度も繰《く》り返される。

リッケとルーシアが、甲高《かんだか》い悲鳴をあげた。

「浮《う》きあがってきたよ！」

ミレルが指を向けた先に、白い背中が見えた。地表を覆《おお》っていた緑は、完全に洗い流されている。あと何百年かは、島と見紛《みまご》うことはないだろう。

「こちらに向かってくるわ！」

アイラは悲鳴をあげると、船縁《ふなべり》を両手でしっかりと掴み、顔を伏《ふ》せて目を閉《と》じた。

「それが目的だからな」

リウイは平然と答えた。

怒《いか》りに燃《も》えた鯨の魔獣は、船に襲《おそ》いかかろうとしている。もし、体当たりなどされたら、船はひとたまりもない。

「船首を魔獣に向けるんだ！」

シヴィルが右の拳《こぶし》を振《ふ》りあげて叫《さけ》ぶ。

「猛《たけ》き白き鯨よ。我《われ》ら、今こそ、汝《なんじ》に挑《いど》まん……」

魂《たましい》の奏者《そうしゃ》ラムスが舳先《へさき》に立ち、雄々《おお》しく謡《うた》いはじめる。

竪琴《たてごと》の音がすぐに続いた。

「海に落ちぬよう、気をつけられよ」

シヴィルが顔をしかめる。

「わたしの魂が震えて止《や》まぬのです。今、謡わずして、吟遊詩人は名乗れませんよ」

ラムスは恍惚《こうこつ》とした表情《ひょうじょう》を浮かべていた。

その間にも、ザラタンはぐんぐんと迫ってくる。

「さあ、口を開け！」

リウイは立ち上がると、魔獣に向かって叫んだ。

その声に応《こた》えるように、魔獣の頭が水中から浮かびあがり、真横に裂《さ》けた。

真っ赤な空洞《くうどう》が広がってゆく。

魔獣はその口を開いたのだ。

「よし！」

リウイは興奮《こうふん》して、いつのまにか握《にぎ》りしめていた拳《こぶし》に力を込《こ》める。

口の奥に奈落へと続いているかのような真っ黒な穴が見える。

「力の限《かぎ》り漕げ！　あの穴へ飛びこむぞ！」

シヴィルが漕ぎ手たちを激励《げきれい》した。

「我らが、バルキリーのために！」

漕ぎ手のひとりが声を上げる。

「喜びの野への入口と思え！」

別のひとりが応《おう》じた。

船は激《はげ》しい波に揉《も》まれながらも、魔獣へと向かって進んだ。

そして口内へと飛びこむ。

魔獣が、ゆっくりと口を閉《と》じてゆくのが分かった。同時に口のなかに入っていた大量の海の水を、飲み込んでゆく。

その急流に乗って、船は深淵《しんえん》の闇《やみ》のなかへと吸《す》い込まれてゆく。

「道が狭《せま》くなっているぞ！」

「櫂《かい》をあげろ！」

漕ぎ手たちが呼《よ》びあう。

全員が頭を伏《ふ》せ、船のなかに身を沈《しず》めた。

そのとき魔獣が口を閉じ、光が完全に消滅《しょうめつ》した。

「戦神マイリーよ、我らに加護《かご》を！」

メリッサが祈《いの》りの言葉を捧《ささ》げる。

船は魔獣の喉を、渓谷《けいこく》の激流《げきりゅう》を下るように滑《すべ》っていった。

リッケとルーシアが、悲鳴をあげつづけている。それが聞こえるかぎり、ふたりは無事ということだ。

船は左右に激しく揺《ゆ》れながら滑り続け、やがて空中に投げだされる感覚があった。

そして次の瞬間《しゅんかん》――

何かに叩《たた》きつけられる衝撃《しょうげき》があり、巨大《きょだい》な水音が轟《とどろ》いた。それは何かに反響《はんきょう》し、鼓膜《こまく》を激しく震《ふる》わせる。

水飛沫《みずしぶき》が全身に降《ふ》り注《そそ》ぐ。

「酸《さん》とかじゃ、ないだろうな……」

リウイは思わず、つぶやいた。

だとしたら、早く洗い流さないと、骨《ほね》まで溶《と》けてゆく。

しかし異臭《いしゅう》はしなかった。

船はしばらく上下に揺れていたが、やがて収《おさ》まってくる。

リウイは慎重《しんちょう》に立ち上がり、魔法の発動体である棒杖《ワンド》を腰《こし》から抜《ぬ》くと、上位古代語《ハイ・エンシエント》を詠唱《えいしょう》してゆく。

「光よ……」

呪文《じゅもん》はすぐ完成し、棒杖《ワンド》の先に青白く冷たい魔法の明かりが灯《とも》る。

「ここが……」

リウイは周囲を見回し、息を飲んだ。

まるで、巨大《きょだい》な地下空洞のようであった。魔法の明かりに照らしだされ、大理石の岩肌《いわはだ》にも似《に》た壁《かべ》が、青白く浮《う》かびあがっている。

水面は暗く波も流れも感じない。

水音が消え、周囲は静寂《せいじゃく》に包まれていた。

心臓《しんぞう》が激しく鼓動している音が、耳の内側から聞こえてくる。

これまでにない体感であった。

危機感《スリル》たっぷりで、思い返すだけで、背筋《せすじ》がぞくぞくとする。もう一度、飲み込まれてもかまわない、となかば本気で思う。

「みんな、無事か？」

シヴィルが声をかけた。

「大丈夫《だいじょうぶ》……」

ルーシアが答えたが、さすがにその声は震えていた。

「魔獣のお腹《なか》のなかとは、とても思えないわね」

アイラがリウイの手を探《さぐ》り、強く握《にぎ》りしめてくる。

リウイは彼女の肩《かた》を優《やさ》しく叩いた。

ミレルがそれに気づき、その手を強引《ごういん》にひきはがし、自分の胸《むね》に抱《かか》える。

「まさに動く島ですね」

天才魔術師《まじゅつし》少年のアストラが冷静な感想を漏《も》らす。もっとも、魔獣に飲み込まれてからは、さすがに悲鳴をあげていた。

それが年齢《とし》相応《そうおう》なのだ。

彼も魔法の発動体である杖の先に魔法の明かりを灯すと、それを水中に差し入れる。

「魚？」

船縁《ふなべり》から身を乗り出して、水中を覗《のぞ》きこむ。

真っ白な体色の魚が、無数に泳いでいた。

ザラタンに飲み込まれ、代を重ねてゆくうちに暗闇《くらやみ》に適《てき》した姿《すがた》に変化したのだろう。

目は今にも消えてしまいそうなほどに小さい。

「おそらく胃《い》に相当する部位なのでしょうね。形は横長の楕円球《だえんきゅう》で縦《たて》の直径は二十回ほど両手を広げたぐらい。入口は今は開いていますが、傾斜《けいしゃ》が急で、登るのは大変そうですね。奥行《おくゆ》きは、かなりありそうだ」

アストラが周囲を観察し、手にしている紙に木炭を走らせてゆく。

「奥へ、行ってみよう……」

シヴィルが、漕《こ》ぎ手たちに声をかけた。

「魔獣を刺激《しげき》しないよう、静かにな」

漕ぎ手たちは互《たが》いに合図しあい、空洞《くうどう》の奥へと船を進ませた。木と木が擦《こす》れる音、水を掻《か》く音が低く響《ひび》く。

全員が息を殺し、周囲に注意を向ける。

天井《てんじょう》に蝙蝠《こうもり》の姿が見えた。

「いったい、どこから入ってきたんだ？」

リウイは首を捻《ひね》る。

「鼻《び》孔《こう》からではないですか？　先ほど、潮《しお》を噴《ふ》いていましたよね？」

「なるほどな……」

リウイは、感心したようにうなずいた。

「外界と遮断《しゃだん》されていないと思うと、安心できるよな……」

伝説に登場する船乗りたちは、その鼻孔を抜《ぬ》けて外へと出たのかもしれない。

「ところで、財宝《ざいほう》はどこにあるのかな？」

ミレルが水のなかを覗きこみながら言う。

「やっぱり、水の底だろうね」

水は暗く、底までは見えない。

「魚が泳いでいるくらいですから大丈夫《だいじょうぶ》でしょうが、ここに潜《もぐ》るのは気が進みませんね」

メリッサが苦笑《くしょう》する。

「潜るのは、オレたちに任《まか》せてくれ」

漕ぎ手のひとりが、自分の腕《うで》を叩《たた》きながら言った。

そのときである。

「あれは、なんだ？」

舳《へ》先《さき》にいた魂《たましい》の奏者《そうしゃ》ラムスが声をあげた。

そして身を乗り出し、目を凝《こ》らす。

リウイは魔法の明かりを手に、船首まで移動《いどう》した。

腕を伸《の》ばし、明かりを向ける。

「あれは？」

リウイは目を見張《みは》った。

大きな影《かげ》が、水面を漂《ただよ》っていたのだ。

「船……だな」

ラムスが声を震《ふる》わせる。さすがに興奮《こうふん》を抑《おさ》えきれない様子だった。

「形は、我《われ》らが乗ってきた船に似《に》ているが……」

「もしかして、海賊王《かいぞくおう》バラックが乗っていた船かもな」

「宝物《たからもの》はあの船のなかにあるの？」

ルーシアが顔を輝《かがや》かせる。

「まだ、分からないさ……」

リッケが首を横に振《ふ》る。

「その性格《せいかく》、なんとかならないの？」

ルーシアが頰《ほお》を膨《ふく》らませた。

「慎重《しんちょう》に近づくぞ……」

指を口に当てて子供《こども》たちの口論《こうろん》を制《せい》してから、シヴィルが漕ぎ手たちに声をかけた。

漕ぎ手たちは、櫂《かい》を動かす手を遅《おそ》くする。ゆっくりと向こうの船に近づいていった。

「かなり大きいな。甲板《かんぱん》もある」

ラムスが顎《あご》に手をかけながらつぶやく。

「マストは折れてるが、船体にはたいした損傷《そんしょう》はなさそうだ。五百年間も、浮《う》いていられるとは信じられないが……」

「魔法かなにかで守られているのかもしれないな。もしかしたら、あの船は古代王国のものかもしれない……」

「あたしたちが乗ってきた船は、魔法なんかかかっていないよね？」

ミレルがひきつった笑いを浮かべる。

「越えてこられたんだから、問題なしさ」

リウイは平然と答えた。

「乗り込《こ》むぞ。縄《なわ》をかけろ……」

海の民の漕ぎ手たちが、鉤《かぎ》のついた縄を向こうの船に投げ、船縁《ふなべり》にひっかけた。

「さて、誰《だれ》が行く？」

リウイはシヴィルに訊《たず》ねる。

「ここから先は、遠慮《えんりょ》していただきたい」

シヴィルは胸《むね》を反《そ》らして言った。

「いいぜ」

この航海では、もともと大人しくしているつもりだったのだ。

（まったく、できなかったけどな）

リウイは心のなかでつぶやく。

「リッケ、わたしの背《せ》に掴《つか》まりなさい」

シヴィルはリッケに囁《ささや》きかけた。

「うん……」

リッケはうなずいた。

ルーシアが不満そうな顔をしているが、暗黒神ファラリスの女性司祭《じょせい》エメルが微笑《ほほえ》みながら少女の肩《かた》に手をかける。

「心配しなくていいわ。王女様はとても魅力的《みりょく》よ。リッケ様だって、本当はあなたのことが好きで好きでたまらないのよ」

耳許《みみもと》に顔を寄《よ》せて囁いた。

「本当？」

ルーシアは嬉《うれ》しそうにエメルを振り返る。

「もちろん」

エメルはうなずいた。

「しっかり摑まってなさい」

シヴィルはリッケを背負《せお》いながら、綱《つな》を登ってゆく。

「さすが騎士《きし》だな」

リウイは感心して、シヴィルを見つめる。

子供《こども》ひとりを背負っても、まったく気にした様子もなく縄を登ってゆく。

シヴィルはすぐに船の甲板《かんぱん》に上がった。そして振り返り、オラン聖剣探索隊《せいけんたんさくたい》の一員で、シヴィルの家に密偵《スカウト》として仕《つか》えているスマックに目で合図を送る。

スマックは無言でうなずくと、するすると乗り移《うつ》った。

「船倉《せんそう》を調べてみてくれ……」

シヴィルが命じると、スマックは一礼し、船倉へと続く落とし戸に手をかけた。そして上に開く。

次の瞬間《しゅんかん》、スマックは、唐突《とうとつ》に甲板を転《ころ》がった。

ほとんど同時に、まばゆい閃光《せんこう》が走った。

「何事だ？」

シヴィルが、スマックのもとに駆《か》け寄ろうとする。

「来てはなりません！」

スマックがあわてて制《せい》した。

「異様《いよう》な気配《けはい》を感じ、間一髪《かんいっぱつ》で逃《のが》れましたが……」

「今の光はなに？　もしかして〈光の矢《エナジーボルト》〉？」

アイラがリウイを振り返る。

「一瞬だったからな。だが、違《ちが》うと思う。まるで投槍《ジャベリン》のようだった……」

「投槍？」

アストラがリウイの言葉に反応《はんのう》し、思案の表情《ひょうじょう》になる。

「もしかして〈戦乙女の投槍《バルキリージャベリン》〉では？」

「見たことないからな。オレの仲間に精霊使《せいれいつか》いはいないし、顔見知りの精霊使いはエルフの女性しかいないから……」

リウイは答えた。

勇気の精霊であるバルキリーは通常《つうじょう》、男性の精霊使いの召喚《しょうかん》にしか応《おう》じないとされている。

「もし、さっきのがバルキリージャベリンなら、相手はかなり強力な精霊使いということになります。用心してください」

アストラがシヴィルに声をかけた。

「分かった……」

シヴィルはうなずくと、リッケを背中で庇《かば》いながら、船縁近くまで下がる。

スマックが短剣を構《かま》え、シヴィルの前に立った。

「余計《よけい》な手出しはしたくないけどな……」

リウイはニヤリとすると、素早《すばや》く〈浮遊《レビテーション》〉の呪文《じゅもん》を唱《とな》え、船に乗り移る。

「リッケを頼《たの》む」

シヴィルが不機嫌《ふきげん》な顔をしつつも、頭を下げた。

「ほいよ」

リウイはリッケを抱《だ》きあげると、自分たちの船に戻《もど》ろうとした。

だが、そのとき——

「貴様《きさま》たちは……何者だ？」

突然《とつぜん》、声が響《ひび》いた。

聞いているだけで、心が冷たくなるような虚《うつ》ろな声だった。

リウイは思わず、振《ふ》り返った。

そして見た。

折れたマストのすぐ側に、黄色く光る男の姿《すがた》があることに。

横長の帽子《ぼうし》を被《かぶ》り、細身の上下に身を包んでいる。もっとも、それは実体ではない。

「亡霊《ぼうれい》……だな」

リウイは、目を細めた。

そしてその亡霊のすぐ背後《はいご》に、こちらは白く輝《かがや》く女性《じょせい》の姿がある。

「本物のバルキリー……」

リウイに抱《かか》えられているリッケが大きく目を見開いていた。

その女性は、シヴィルと同じ服装《ふくそう》をしていた。光に包まれ、実体は定《さだ》かではないが、それが精霊というものである。

バルキリーはしなだれかかるように、両手を亡霊の肩《かた》にかけ、そこに頬《ほお》を載《の》せた。愛する男に甘《あま》えているような妖艶《ようえん》な姿勢《しせい》である。

「あの亡霊が精霊使いで、バルキリーを召喚《しょうかん》しているのかな?」

リウイは、シヴィルに訊《たず》ねた。

「わたしに分かるわけがないだろう」

「そちらで何が起こっているのか分かりませんが、亡霊に精霊が支配《しはい》できるとは思えませんね」

アストラが、下から呼《よ》びかけてくる。

「何者かと……聞いている……」

亡霊の声が、ふたたび響いた。

「お、オレはリッケだ。海の民の族長ギアースの孫《まご》。御先祖様《ごせんぞ》の財宝《ざいほう》を持ち帰るために、ここにやってきた!」

リッケがリウイの腕から逃れると、声を震《ふる》わせながら、亡霊に答えた。

「リッケ……海の民……族長ギアース……」

亡霊は一言一言、魂《たましい》に刻《きざ》みつけるようにゆっくりと繰《く》り返した。

「お、おまえこそ、何者だ？」

リッケは今にも泣きそうな顔をしながらも、亡霊に問いかえす。

「オレの名は……バラック……海賊王《かいぞくおう》バラック……」

亡霊は、虚ろな声で答えた。

「バラック……だって？」

リウイは呆然《ぼうぜん》となり、思わずシヴィルと向き合っていた。

「まさか、そんなことが……」

シヴィルはそれだけを言うのがやっとで、あとは言葉を失った。

この航海は確《たし》かに、いにしえの海賊王バラックの財宝を探《さが》し求めるものだった。

だが、亡霊とはいえ、バラック本人に出会えるとは思いもしなかった。しかもバラックは本物のバルキリーを従《したが》えている。

第6章　欺《あざむ》かれた勇気

1

幅広《はばひろ》の帽子《ぼうし》をかぶった男の亡霊《ぼうれい》が、黄色い霊気《オーラ》に包まれながら、こちらを見ていた。

白い輝《かがや》きに包まれた〝勇気の精霊《せいれい》〟戦乙女《バルキリー》が、亡霊にしなだれかかるように背後《はいご》から首に手を回している。

亡霊と精霊は、まるで男と女の関係にあるかのようだった。

「海賊王《かいぞくおう》バラックが亡霊になっているのは、まだ理解《りかい》できる。だが、なぜバルキリーが一緒《いっしょ》なんだ？」

リウイはリッケをかばいながら、顔だけを巡《めぐ》らせて、アイラに訊《たず》ねた。

「あくまで、ボクの推測《すいそく》ですが……」

答えたのは、アイラではなくアストラであった。

「〝蛮勇《ばんゆう》を与《あた》えし〟魔剣《まけん》インビンシブルブレードというのが、魔法王の鍛冶師《かじし》ヴァンの鍛《きた》えた武具《ぶぐ》の一覧《いちらん》にありましたよね？　その魔力ではないでしょうか？」

「バルキリーを封《ふう》じた剣ということか？」

アストラの推測は十分に納得《なっとく》できるものだった。バルキリーを支配できるなら、勇気は間違《まちが》いなく授《さず》けられよう。

もっとも、勇気というものは、時として無謀《むぼう》や慢心《まんしん》と同義《どうぎ》だと指摘《してき》されている。それゆえ、ヴァンはあえて蛮勇と表現《ひょうげん》したのだろう。しかも魔剣と評《ひょう》している。ロドーリルの将《しょう》軍《ぐん》ヒュードが持っていた赤い刃《やいば》の剣も魔剣に分類してあった。

分類したのは、鍛え手であるヴァン自身だ。

「バルキリーは精神の精霊のなかでも、上位に属《ぞく》するとされているよな？」

「激怒《げきど》の精霊ヒューリーや悲憤《ひふん》の精霊バンシーほどではないらしいけどね」

リウイの問いに、今度はアイラが答えた。

オーファンの宮廷魔術師《きゅうていまじゅつし》ラヴェルナが記《しる》した博物誌《はくぶつし》には、精霊の項目《こうもく》でそのように記されている。

「下位精霊ならともかく、上位精霊を剣に呪縛《じゅばく》してしまうとはな……」

さすがは魔法王の鍛冶師である。

「状況《じょうきょう》は理解《りかい》できたが、いったいどう対処《たいしょ》すればいい？」

シヴィルが厳《きび》しい口調で訊ねてくる。

「とりあえず、相手の出方しだいだな。いかなる無念を抱《いだ》いて、亡霊《ぼうれい》となったのかが問題だから……」

オーファンで冒険者《ぼうけんしゃ》をしていた頃《ころ》、亡霊となった戦神マイリーの女性《じょせい》神官の無念を晴らし、浄化《じょうか》したことをふと思い出した。

彼女が思い残したことは、恋《こい》というものを知らずに死んだことだった。だから、リウイは亡霊をメリッサに憑依《ひょうい》させ、擬《ぎ》似恋愛を体験させ、満足させた。

「まずは交渉《こうしょう》とゆこうぜ」

リウイはシヴィルに提案《ていあん》した。

「承知《しょうち》した……」

シヴィルはうなずくと、一歩、亡霊のほうに進みでた。

「バラック族長。ここにいる少年は、あなたの五百年後の末裔《まつえい》で、次の族長になる予定です。あなたの唯一《ゆいいつ》にして正統《せいとう》な後継者《こうけいしゃ》なのです」

「五百年……末裔……」

虚《うつ》ろな声が返ってくる。

「我《われ》らは、あなたが集めた財宝《ざいほう》を求めて、ここにやってきました。海の民《バイキング》を窮状《きゅうじょう》から救うためです」

シヴィルは凛《りん》とした声で訴《うった》えた。

「財宝……海の民……」

しかし、バラックの亡霊は彼女の言葉を虚ろに繰《く》り返すだけだった。

「いったい、何が無念で、ここにとどまっておられるのですか？」

亡霊は答えない。

「あなたの民《たみ》の末裔が、困窮《こんきゅう》に苦しんでいるのです。財宝を持ち帰らせてはくれないでしょうか？」

シヴィルは見るからに苛立《いらだ》っている様子だった。こめかみのあたりがぴくぴくと動いている。

「財宝に執着《しゅうちゃく》しているみたいじゃなさそうだな……」

リウイは腕組《うでぐ》みし、ひとりごとのようにつぶやいた。それならシヴィルの言葉に反応《はんのう》し、襲《おそ》いかかってきたはずだ。

「白鯨《ザラタン》に飲まれて、非業《ひごう》の最期《さいご》を遂《と》げたことか？　それとも他の理由か……」

「とても交渉にならないのだが？」

シヴィルが振《ふ》り返って、責《せ》めるような視線《しせん》を向けてくる。

「倒《たお》してしまっていいか？」

そして小声でそう囁《ささや》きかけてきた。

「亡霊に武器《ぶき》は通用しないぜ？　それにバルキリーも強敵《きょうてき》だしな」

「ですが、このままでは埒《らち》があかない」

シヴィルは憮然《ぶぜん》として言う。

「それもそうなんだよな……」

リウイは頭をかいた。こうしていても事態《じたい》は進展《しんてん》しそうにない。

「誰《だれ》かに憑依させて、真意を聞くというのも危険《きけん》だしな」

亡霊が肉体を乗っ取るつもりなら、その後が大変である。

「精霊《せいれい》のほうと話はできないか？　バルキリーなら、人間の言葉を話せるかもしれないから……」

「あなたが、すればいいではないか？　女を口説《くど》くのは得意だろう？」

シヴィルは素《そ》っ気《け》なく答えた。

「分かったよ……」

リウイは咳払《せきばら》いをしてから、バルキリーに微笑《ほほえ》みかける。

「勇気の精霊、崇高《すうこう》な精神の精霊よ。汝《なんじ》はなにゆえ、ここにいるか？」

とりあえず、下位古代語《ロー・エンシエント》を使ってみた。

だが、バルキリーは妖艶《ようえん》な笑みを浮《う》かべたまま、何の返事もしない。

知っているかぎりの言語で語りかけてみたが、どれも反応がなかった。

どうやら精霊の言葉しか使えないようだ。あるいは、答える気がないかである。

「こういうとき、精霊使いがいればと思うぜ……」

呪《のろ》われた島で出会ったハイエルフの女性《じょせい》の姿《すがた》が、ふと脳裏《のうり》をよぎった。

「危害を加えてこないようなら、彼らを無視《むし》して財宝《ざいほう》を運びだせばいいんだがな」

「無理だろうな。亡霊も精霊も、とても普通《ふつう》には見えない」

「同感だな……」

シヴィルの言葉に、リウイはため息まじりにうなずいた。

「しかし、バラックは海の民の祖先《そせん》だし、彼らにとっては間違《まちが》いなく偉大《いだい》な王だから、できれば無念を晴らしてやりたい」

「お願いだよ。ボクも御先祖様には、安らかに眠《ねむ》ってほしい」

リッケがシヴィルに懇願《こんがん》するように言った。

「なんとかしたいのは、わたしもだが……」

「なんとかしてみようじゃないか」

シヴィルの答えを遮《さえぎ》って、リウイが言った。

「どうされるのか？」

オランの女騎士《きし》が、疑惑《ぎわく》の視線を向けてくる。

「だから、なんとかさ」

リウイはこの異様《いよう》な状況《じょうきょう》を理解《りかい》しようと真剣《しんけん》に考えてみた。

亡霊となっているいにしえの海賊王《かいぞくおう》——

蛮勇《ばんゆう》を与《あた》えるとされる魔剣《まけん》——

妖《あや》しい微笑を浮かべる勇気の精霊——

問題の鍵《かぎ》となるのは、やはり海賊王がなぜ亡霊になったかである。

財宝に固執《こしゅう》しているのでも、無念の最期を遂げたことに怨讐《おんしゅう》をいだいているのでもないとすれば……

「残る可能性《かのうせい》はひとつだよな」

リウイは声に出してつぶやいた。

「全員、戦闘《せんとう》の用意を……」

リウイは、誰にともなく言った。

「戦うのはかまわないが、いったいどう戦えと？」

シヴィルが不機嫌《ふきげん》に訊《たず》ねてくる。

「亡霊と精霊をひきつけてくれ。オレは魔剣を探《さが》しだす」

「それは、わたしが……」

シヴィルはあわてて言った。

「かまわないが、バルキリーのジャベリンで串刺《くしざ》しにされる覚悟《かくご》がいるぜ？　耐《た》える自信はあるか？」

「き、騎士《きし》たるもの、たとえ我《わ》が命を投げだそうと……」

「命を投げだしてもらっては困《こま》るんだよ。冒険者《ぼうけんしゃ》にとって大事なのは、まず生き残ること。犠牲《ぎせい》を覚悟で、使命を優先《ゆうせん》させないといけないときもあるかもしれないが、今はそのときじゃない」

リウイはシヴィルに言った。

「無駄《むだ》にこの体格《たいかく》をしてるわけじゃない。ここはオレに任《まか》せてくれないか？」

「し、承知《しょうち》した……」

オランの女騎士は無念きわまりないという表情《ひょうじょう》で一礼した。

「さてと……」

リウイは、咳払《せきばら》いをしてから、バラックの亡霊に向き直る。

そして数歩、進みでた。

それを見て、バルキリーが亡霊から離《はな》れ、ふわりと宙《ちゅう》に舞《ま》った。

戦闘態勢《たいせい》だろうか。

「海賊王バラック。オレが欲《ほっ》しているのは、実は、財宝《ざいほう》じゃない。蛮勇を与えるとされるあんたの魔剣なんだ」

リウイはそう呼《よ》びかけた。

「我が……魔剣……」

バラックがゆっくりとつぶやいた。

その声は、やはり虚《うつ》ろだったが、彼を包みこむ黄色い霊気が、ひときわ激《はげ》しく揺《ゆ》れはじめる。

正解《せいかい》だったようだな、とリウイは心のなかでつぶやいた。

そのとき、バルキリーが短く口を動かした。声は聞こえなかったが、何かを言ったに違いなかった。

「うおおおっ！」

そして、バラックの亡霊が、突然《とつぜん》、雄叫《おたけ》びを発したのである。

まるで、竜《りゅう》の咆哮《ほうこう》のように、魂《たましい》を震《ふる》わせるような叫《さけ》び声だった。

同時に、船上に散乱《さんらん》していた小物が浮《う》き上がり、宙を乱舞《らんぶ》する。騒霊《ポルターガイスト》と呼ばれる現《げん》象《しょう》である。

「亡霊と精霊を牽制《けんせい》してくれ！　オレは魔剣を探す！」

リウイは叫んだ。

「対抗魔術《カウンターマジック》の呪文《じゅもん》をかけるね」

アイラがそう言うと、古代語魔法の呪文を唱《とな》えた。効果《こうか》を拡大《かくだい》させ、できるかぎり大勢《おおぜい》にかける。

「助かる！」

バルキリーの投槍《ジャベリン》は避《よ》けようがない。精神力を高め、ひたすら耐《た》えるしかないのだ。

「偉大《いだい》なる戦神マイリーよ。我《われ》に汝《なんじ》が鎧《よろい》を与《あた》えたまえ……」

メリッサが、神聖《しんせい》魔法を唱え、まず魔法の鎧を、ついで武器《ぶき》を出現させる。

弓である。

弦《げん》を引き絞《しぼ》ると、矢が自然に現《あらわ》れた。

イーストエンドで、弓の名手であるカガリから習《なら》ったのだ。

実戦で使うつもりはなく、精神を鍛《きた》えるのが目的だったが、今は注意をそらすべき敵《てき》が宙に浮かんでいる。

武器の届《とど》かぬ場所から飛び道具を使うような敵は弓で射落《いお》とすにかぎるのである。

「バルキリーを倒《たお》しちゃったら、魔剣、壊《こわ》れたりしないかな？」

するすると縄梯子《なわばしご》を登ってきたミレルが、リウイに訊《たず》ねた。

「心配するな。ヴァンが鍛えた武器が、それぐらいで壊れたりすることはない」

リウイはきっぱりと答えたが、無論《むろん》、根拠《こんきょ》はない。そのときはそのときのことだ。

「亡霊のほうはどうするの？」

「完全に肉体を失っているからな。あの姿《すがた》のままではなにもできないはずだ。ただ、肉体を乗っ取ろうとするかもしれない。除霊《じょれい》の準備《じゅんび》はしておいてくれ。ある程度《ていど》、弱らせてくれるとありがたいな」

「気乗りしませんが、亡霊に〈吸引《スティール・マインド》〉を使うとしますか」

船上での会話を聞いて、まだ小船に残っているアストラがため息まじりに言った。

「それじゃあ、わたしは精神攻撃《メンタル・アタック》の呪文でも使ってみようかな」

暗黒神《あんこくしん》ファラリスの神官であるエメルが、妖《あや》しい笑《え》みを浮かべる。

邪悪《じゃあく》な魔法であり、光の神々の神官は禁忌《きんき》としているが、彼女にとって世間で言うところの善悪《ぜんあく》は関係ない。ただ自らの欲することを為《な》すだけである。

「くるぞ！」

バルキリーがその手に光の投槍《ジャベリン》を出現させたのを見て、リウイは注意を与えた。

声のない笑いをあげながら、投槍が放たれた。

それは、ミレルを狙《ねら》っていた。

「くっ!」

左足の太腿《ふともも》を貫《つらぬ》かれ、黒髪《くろかみ》の娘《むすめ》は苦痛《くつう》に顔を歪《ゆが》ませた。

血がどくどくとあふれだす。

たまらず、その場に膝《ひざ》をつく。

「大丈夫《だいじょうぶ》か?」

リウイが顔色を変えた。

「あたしのことはいいから、剣《けん》を探《さが》して!」

ミレルは叫《さけ》ぶ。

「分かった!」

リウイは船首に向かって駆《か》けだした。魔法の明かりを灯《とも》した棒杖《ワンド》を握《にぎ》っている。

「なんで、あたしを狙うんだよ?」

リウイが行ってしまってから、ミレルは裏街言葉《スラング》で吐《は》き捨《す》てた。

布《ぬの》を取り出し、傷口《きずぐち》を縛《しば》る。傷は浅くないが、今はメリッサに治癒《ちゆ》呪文をかけてもらう

わけにはゆかない。それが、わたしたちの役割《やくわり》だ……」

ジーニがミレルを庇《かば》うように、彼女の前に立ち、両手を広げながら言った。

「牽制《けんせい》だからな。

「狙うなら、わたしを狙いなさい！」

〈浮遊《レビテーション》〉の呪文を使い、船に登ってきたアイラが、血の気《け》の失《う》せた顔をしながらも、挑《ちょう》発《はつ》するように言った。

「アイラ？」

ミレルが痛《いた》みも忘《わす》れて、普段《ふだん》からつぶらな瞳《ひとみ》をいっそう丸くする。

「あたしとリウイのために、犠牲《ぎせい》になってくれるの？　あなたのことは忘れないからね」

「〈魔法反射《マジック・リフレクション》〉の呪文をかけてるからよ！　一回受けたら、すぐに隠《かく》れるわ」

アイラはミレルを振《ふ》り返って、魔法の眼鏡《めがね》ごしに睨《にら》みつける。

「安心した。そうじゃないと、アイラらしくないよ」

ミレルが笑顔になる。しかし、すぐに痛みを思い出し、うずくまる。

バラックの亡霊《ぼうれい》は、あいかわらず叫び声をあげつづけている。その姿《すがた》は、狂《くる》っているようにしか見えなかった。

バルキリーのほうも別の意味で狂っているように、ひたすら投槍を放ちつづけてくる。

メリッサが戦神から授《さず》かった弓から、聖《せい》なる矢をバルキリーに射かけ、オラン聖剣探索《たんさく》隊《たい》の戦士ダニロも、魔力《まりょく》を帯びた弩弓《クロスボウ》でバルキリーを狙う。

そのためか、ふたりには二本ずつ、投槍が飛んだ。

メリッサは神性《ディバイン・アーマー》鎧の加護《かご》があったので、たいした怪我《けが》は負わなかった。

だが、ダニロのほうはかなりの重傷《じゅうしょう》で、あわててエメルが癒《いや》しの呪文《じゅもん》をかける。

「間違《まちが》えて、逆《ぎゃく》魔法をかけないでくれよ」

ダニロは苦痛《くつう》に呻《うめ》きながら言った。

「もしも死んだら、屍人《ゾンビー》にしてあげるから、安心してね」

エメルは傷口を強く押《お》しながら、ファラリスに癒しの奇跡《きせき》を願う。

暗黒神《あんこくしん》とは言われているが、神聖魔法もすべて唱《とな》えられるのだ。邪悪《じゃあく》とされる奇跡を、禁忌《きんき》としていないだけである。

ジーニも腹《はら》に一本が突《つ》き刺《さ》さった。

だが、赤毛の女戦士は、眉《まゆ》ひとつ動かさなかった。

「降《お》りてこい！」

シヴィルが剣を振り回しながら叫ぶ。

バルキリーの衣装《いしょう》を着てはいるが、無論《むろん》、魔法の投槍を放てるわけではない。

「お嬢様《じょうさま》！」

スマックが困惑《こんわく》の顔で、彼女を下がらせようとする。

サイアス伯爵家《はくしゃくけ》の忠実《ちゅうじつ》な執事《しつじ》であり、密偵《スカウト》でもある彼としては、シヴィルにもしものことがあれば、自らの命を絶《た》つしかないのだ。

海の民の男たちも、次々と船上にあがってきた。囮《おとり》の役を買ってでようというのである。

「我《われ》らは怯《ひる》まない、なにごとにも……雄々《おお》しく立ち向かう、いかなるものにも……」

〝魂《たましい》の奏者《そうしゃ》〟ラムスは小船に残っていたが、竪琴《たてごと》を奏《かな》で、唄《うた》いつづけていた。

その歌を聴《き》いた者は、心が昂揚《こうよう》し、力が漲《みなぎ》ってゆく。〝呪歌《じゅか》〟と呼《よ》ばれる魔法のような効果《こうか》を発揮《はっき》する音楽なのだ。

海の民には呪歌唄いの吟遊詩人が、昔から数多くいる。

長く辛《つら》い航海を慰《なぐさ》めるため、彼らは音楽を心から愛し、それゆえ吟遊詩人たちは誰《だれ》からも尊敬《そんけい》された。志《こころざし》の高い吟遊詩人たちは、世界を巡《めぐ》り、呪歌唄いとして修行《しゅぎょう》を積む。そして故郷《こきょう》へと帰り、その技《わざ》を後進に伝えたのである。

なかでも、ラムスは海の民で最高の呪歌唄いと目されている。それゆえ〝魂の奏者〟なのだ。

リウイは魔剣を探し、甲板中《かんぱん》を走り回った。だが、運悪く船首方向にはなく、帆柱《ほばしら》の近くにもなかった。

バルキリーとバラックの亡霊《ぼうれい》のわきをすり抜《ぬ》け、船尾《せんび》へと向かう。

だが、そのとき、バルキリーの投げる魔法の投槍が、背中《せなか》に突き刺さった。

「そちらには、行かせないということかい？」

リウイはそうつぶやくと、振《ふ》り返りもせず、走りつづけた。

二本目が突き刺さったが、リウイは足を止めない。

自分が狙《ねら》われてるかぎり、他の誰かが傷《きず》つくことはない。そしてそう簡単《かんたん》には倒《たお》れない自信がある。

そしてリウイは目的のものを見つけた。

それは船の最後尾、舵《かじ》の真下で朽《く》ちた白骨《はっこつ》のなかにあった。刀身の輝《かがや》きはすこしも失われず、魔法の明かりを燦々《さんさん》と反射《はんしゃ》する。

すぐ側には、金属製《きんぞくせい》の鞘《さや》もあった。

「渡《わた》さぬぞ！　我《わ》がバルキリーは、誰にも渡さぬ!!」

バラックの亡霊が叫《さけ》び声をあげながら、宙《ちゅう》を走ってくる。

「憑依《ひょうい》されたら、おしまいだが……」

リウイは迷《まよ》うことなく剣《けん》の鞘を拾《ひろ》いあげ、そして魔剣の柄《つか》に手を伸《の》ばした。

その瞬間《しゅんかん》、冷たいものが、リウイの身体《からだ》にまとわりつく。

亡霊がまとわりついてきたのだ。

「渡さぬぞ！」

リウイの心のなかにも声が響《ひび》いてくる。

「オレの肉体を操《あやつ》れるのは、オレの魂《たましい》だけなんだよ！」

リウイは全身に力を入れ、同時に気力も満たした。

魔剣を奪《うば》われまいとするバラックの思念は凄《すさ》まじいものであったが、リウイはそれをはね返す。

そして魔剣を摑《つか》み取り、素早《すばや》く鞘に収《おさ》めた。

その瞬間、バルキリーの姿《すがた》は消えたのだが、リウイには無論《むろん》、分からない。

ただ、バラックの思念が離《はな》れてゆくのは感じた。

「消えたのか？」

そう思い振り返ったが、亡霊の姿はまだそこにあった。

「おまえは……誰だ？」

虚《うつ》ろな声が響いた。

だが、その声にはもう狂気《きょうき》は感じられない。

「オレの名は、リウイだ。海の民に協力してここにやってきた」

リウイは剣の鞘を持ったまま仲間たちのもとにもどる。

バラックの亡霊も音もなくついてきた。

「みんな、無事か？」

リウイは仲間たちに訊《たず》ねた。

「犠牲者《ぎせいしゃ》はいない。幸《さいわ》いなことにな」

ジーニが苦しそうに答えた。

メリッサの癒《いや》しの魔法《まほう》を受けている。

「怪我人《けがにん》は大勢《おおぜい》。重傷者《じゅうしょうしゃ》は治癒《ちゆ》呪文《じゅもん》で手当てしましたが、さすがに気力が限界《げんかい》です……」

メリッサが疲《つか》れきった声で言った。

「そう言えば、オレも投槍を受けたんだった……」

思い出した途端《とたん》、背中が急に痛《いた》みだした。

「剣を探《さが》すのが遅《おそ》いからだ」

シヴィルが冷ややかに言って、手を差しだす。

リウイは憮然《ぶぜん》としながらも、シヴィルに魔法の剣を手渡《てわた》した。傍観者《ぼうかんしゃ》に徹《てっ》するどころではなかったが、今回の手柄《てがら》はあくまで彼女らのものだ。

「怪我は、わたしが治《なお》してあげるね」

エメルが楽しそうに言って、リウイの服を脱《ぬ》がせる。

「素敵《すてき》な裸体《らたい》……じゃなくって、ひどい傷だわ……」

暗黒神《あんこくしん》の女性《じょせい》神官は、笑い声をあげた。

「こんな傷で、よく動けたものね」

「とにかく、早く治してくれ……」

「承知《しょうち》した」

エメルはシヴィルの口真似《まね》をして、暗黒神ファラリスに祈《いの》りを捧《ささ》げる。

「さて、と……」

痛みが和《やわ》らぐと、リウイはバラックの亡霊を振り返った。

「まだ消えないのなら、話が聞きたいんだが？」

「オレは、そのバルキリーの剣の虜《とりこ》となっていたのだ……」

亡霊は無念そうに言った。そして遥《はる》か昔の出来事を虚ろに語りはじめる。

「その剣を手に入れたのは、カストゥール王国の船を襲《おそ》ったときだった。どこかの蛮族《ばんぞく》を滅《ほろ》ぼし、略奪品《りゃくだつひん》や奴隷《どれい》を運んでいたのだ。オレたちは、その情報《じょうほう》を知り、十隻《せき》の船団《せんだん》で襲いかかった……」

船乗りは皆殺《みなごろ》しにし、積荷や奴隷はすべて奪《うば》った。

「その船にただひとり乗り込《こ》んでいた魔術師《まじゅつし》が、その剣《けん》を持っていた。もっとも、カストゥールの人間ではなく、それに従属《じゅうぞく》するどこかの部族の魔法戦士《ルーンソルジャー》だったが……」

古代王国の魔術師たちは、反抗《はんこう》的な部族はすべて滅《ほろ》ぼし、奴隷として使ったが、友好的な部族は従属させ、援助《えんじょ》をすることもあった。

なかでも、付与魔術師《エンチャンター》一門は、数多くの部族を保護《ほご》している。

リウイも最近になって知ったのだが、東の果ての島イーストエンドや呪《のろ》われた島ロードスも、かつては付与魔術師一門の保護下にあったらしい。

付与魔術師たちは、蛮族のなかでも才能《さいのう》のある者には魔術を教え、魔法戦士として育てあげた。

蛮族の魔法戦士たちは、付与魔術師一門にとって最強の軍団だった。初級の魔術や魔法の武具《ぶぐ》を使いこなし、命知らずで知恵《ちえ》もある。付与魔術師一門は、他の系統《けいとう》魔術師一門と争いになっても、いつも優位《ゆうい》を保《たも》っていたという。

「その剣は、ヴァンという名の付与魔術師が鍛《きた》えたものなんだ。蛮勇を与《あた》える剣だと、本人が記《しる》している」

「蛮勇か……まさにそうだな……」

亡霊《ぼうれい》を包む黄色い霊気がわずかに揺《ゆ》れる。

「魔法王の鍛冶師《かじし》の名も無論《むろん》、知っている。その剣を鍛えたのが、その男だということも。オレは、これまで魔法の剣など握《にぎ》ったことはなかった。魔法は忌《い》むべきものだったから。だが、我《われ》ら海の民にとって、バルキリーは信仰《しんこう》の対象だ。それゆえ、その剣を我が物とした。剣を抜《ぬ》けば、バルキリーと心が通じ、恐《おそ》れるものはなにもなくなる。海賊《かいぞく》として、カストゥール王国と戦っていたオレにとって、いつのまにか、その剣はかけがえのない存在《そんざい》になっていた……」

バラックは自《みずか》らの話を淡々《たんたん》と続ける。

語ることで、この世に残る無念をすべて断《た》ち切ろうとしているようにも見えた。

「やがてカストゥール王国の魔術師たちは、魔法文明を暴走《ぼうそう》させ、自滅《じめつ》した。その後は、まさにオレの時代だった。世界中を荒《あ》らし、莫大《ばくだい》な財宝《ざいほう》を持ち帰った。そのなかでも、もっとも価値《かち》のある物が、この船には積んである……」

バラックのその言葉に、海の民の船乗りたちが一瞬《いっしゅん》、歓喜《かんき》にどよめく。

「無駄足《むだあし》にならずに済《す》んだようだな」

リウイも安堵《あんど》を覚えた。

目的の剣も手に入れることができたし、苦労は多かったが、なんとか報《むく》われたようだ。

「だが、財宝などどうでもよいものだった。オレに必要なのは、その剣であり、戦う相手だった。だが、海の王となったオレには、もはや敵《てき》などいなかった。どこへ行っても人々は逃《に》げ去るか、進んで貢物《みつぎもの》や奴隷《どれい》を差し出してくる。だからオレは最後の敵として、海の民の伝説に謳《うた》われる白鯨《ザラタン》を選んだのだ。島と間違《まちが》われるほどに巨大《きょだい》な鯨《くじら》。いずれが海の王であるか決するに相応《ふさわ》しい相手だと思った……」

「この群島《ぐんとう》に、ザラタンがいることを、どうして知ったんだ？」

問題の核心《かくしん》ではないが、リウイも質問《しつもん》せずにはいられなかった。

「ある四大魔術師の記録を読んだのだ。精霊王《せいれいおう》を支配《しはい》し、精霊都市フリーオンを築《きず》いた男だ。フリーオンはカストゥール最後の王都に選ばれ、魔力が暴走したあげく、大爆発《だいばくはつ》を起こし、砂漠《さばく》となった街だ……」

「もしかして、この群島も、その魔術師が作ったのか？」

「嵐《あらし》の海に囲まれ、外敵から完全に守られた理想の地。王都の保養地《ほようち》とするつもりだったらしい。完成間近で王国が滅《ほろ》び、都市が建設《けんせつ》されることはなかったがな……」

「つまり、ここは魔法で創《つく》られた楽園なのか……」

リウイは、大きくため息をつく。精霊の犠牲《ぎせい》のうえに成り立っているのかと思うと、この群島の美しさも色褪《いろあ》せたように感じられた。

「どこかに、四大の精霊力を制御《せいぎょ》する魔法装置《そうち》があるはずです。探《さが》しだして、機能《きのう》を止めませんか？」

メリッサが遠慮《えんりょ》がちに声をかけてきた。

「それがいいな。魔法装置が暴走したら、それこそ、どんな被害《ひがい》が出るかわからない」

リウイはうなずく。

昔、天候制御の魔法装置が暴走し、真夏のオーファンに雪が降《ふ》るという事件《じけん》があった。魔法装置を停止させたのは自分たちだが、運が悪かったら、オーファンやラムリアースは氷雪《ひょうせつ》に閉《と》ざされ、人が住める場所ではなくなっていただろう。

魔精霊アトンも、魔法王国の王都であった地下に建設された精霊都市フリーオンで生まれたのである。四大精霊を制御することは、古代王国の魔術師にとっても禁断《きんだん》の魔術だったということだ。

「嵐の海も鎮《しず》まるはずだものね」

ミレルが明るい声で言った。

「あんな体験は、一度で十分だからな」

リウイも、まったく同感だった。

「バラック王……」

リウイたちが無関係な会話をしているのが、我慢《がまん》できなかったのだろう。シヴィルが亡《ぼう》霊《れい》に声をかけた。

「あなたは嵐の海を越《こ》えて、この群島に渡《わた》り、ザラタンに挑《いど》み、飲み込まれたのですね？」

「そのとおりだ。オレ以外の船乗りたちは、全員、海に飛び込み、逃《のが》れようとした。オレはただひとり舳《へ》先《さき》に立ち、剣《けん》を構《かま》えたまま、船ごと白鯨《ザラタン》に飲み込まれた。だが、それは望むところだった。腹《はら》を破《やぶ》って、外へと出るつもりだったからな。しかし、白鯨の体内は岩同然で、魔《ま》剣《けん》で斬《き》りつけても、簡《かん》単《たん》にはねかえされた。疲《つか》れ果てたオレは、剣を鞘《さや》に収《おさ》めたまま、暗《くら》闇《やみ》のなかで何日も過《す》ごした。それで、ようやく自分の愚《おろ》かさに気づいたのだよ。オレはその剣に支配されていたのだ。バルキリーが与《あた》える甘《かん》美《び》な勇気に、な……」

バラックの声は、虚《うつ》ろななかにも悲《ひ》痛《つう》さが漂《ただよ》っていた。

「あなたはカストゥール王国の罠《わな》にかけられたと思っているのですね？」

普《ふ》通《つう》の人間なら遠《えん》慮《りょ》しそうな質問を、シヴィルは平然と言った。

「おそらく、そうだ……」

亡霊の放つ霊気が激《はげ》しく揺《ゆ》れた。

「奴《やつ》らは海の民がバルキリーを崇《すう》拝《はい》していることを知り、その剣を、まんまとオレに握《にぎ》らせたのだ。蛮《ばん》勇《ゆう》を与えられたオレが、いつか自《じ》滅《めつ》すると思っていたのだろう。そして、思《おも》惑《わく》どおりこの様《ざま》だ……」

バラックの姿《すがた》が明滅《めいめつ》するように揺らぎはじめた。

「オレは、かつてバルキリーと約束した。オレが死んだとき、魂《たましい》を委《ゆだ》ねると、な。だから、オレはその剣をもう一度、抜《ぬ》き、自らの首を斬《き》った……」

「そしてバルキリーは、あなたの魂を我《わ》がものとしたのですね」

シヴィルはため息まじりに言った。

「本来なら、死んだ勇者の魂を抱《だ》き、精霊界か冥界《めいかい》かに帰るのだろうが、バルキリー自身が魔法の剣に呪縛《じゅばく》されているわけだからな……」

残酷《ざんこく》な話だと、リウイは思った。

同時に、魔法王の鍛冶《かじ》師らしい仕事だと思う。彼の鍛《きた》えた剣は、どれも強大な魔力を持っているが、ひどく癖《くせ》があるように思える。所有者を嘲《あざわら》っているような、揶揄《やゆ》しているような、あるいは試《ため》すような、そんな気がしてならないのだ。

いったいどんな人物だったのだろうと、いつもの疑問《ぎもん》が浮《う》かぶ。

「それは、亡霊にもなるわね……」

エメルが首を横に振《ふ》る。

「だが、オレの魂はようやく自由になった。そして、そこにいる子供《こども》には、我が血脈《けつみゃく》を確《たし》かに感じる。我が末裔《まつえい》たちのために、ここにある財宝《ざいほう》がもしも役に立つというなら、それは至上《しじょう》の喜びだ。オレはようやく旅立つことができる。たとえ、それが喜びの野ではなくても……」

バラックの亡霊は、満足そうな笑《え》みを浮かべると、静かに消えていった。

思い残すことが、なにもなくなったのだろう。

「バラック王……」

海の民の男たちが感極《かんきわ》まったように涙《なみだ》を流した。

〝魂《たましい》の奏者《そうしゃ》〟ラスムは静かに鎮魂歌《レクイエム》を奏《かな》ではじめる。

「あとは、船倉《せんそう》に眠《ねむ》る財宝を運びだすだけだな……」

シヴィルが、ヴァンの魔剣《まけん》を見つめながら、肩《かた》の力を抜いた。

しかし、そのとき――

「その剣は、ボクがもらう。シヴィルには、渡《わた》せない！」

甲高《かんだか》い声がしたかと思うと、リッケがいきなり魔剣を奪《うば》い去った。そしてバラックの骸《むくろ》である白骨《はっこつ》がある場所まで、一気に走る。

「リッケ！」

誰《だれ》もが呆気《あっけ》に取られ、少年を見つめた。

「その剣はあなたのお祖父様《じいさま》との約束で、わたしが貰《もら》うことになっているの。お願いだから、返してくれない？」

シヴィルが信じられないという表情《ひょうじょう》をしながらも、なんとか笑顔を作り、リッケに近寄《ちかよ》ってゆく。

「嫌《いや》だ！　この剣は御先祖《ごせんぞ》様が持っていたものだ。そしてボクには必要なんだ！」

リッケは激《はげ》しく叫《さけ》びかえす。

「何を言ってるの？　バラック様のお話を聞いていたでしょ？　その剣は危険《きけん》だわ。バルキリーの言いなりになって、戦いつづけるようになるのよ」

ルーシアが怒《おこ》ったように言う。

「話を聞いたからこそだよ。ボクは御先祖様とは違《ちが》う。本当に臆病《おくびょう》で、お爺《じじ》のように部族をまとめることはできない。だけど、バルキリーがいてくれれば、そんなボクでも、きっと務《つと》まる。御先祖様はもともと勇敢《ゆうかん》だったから、勇気が過《す》ぎて蛮勇《ばんゆう》になったのかもしれない。だけど、臆病なボクには、ちょうどいいはずなんだ」

「リッケは馬鹿《ばか》よ！　勇気なんて、他人から与《あた》えられるものじゃないわ！　自分の心のなかから、一生懸命《いっしょうけんめい》、ひっぱりだしてくるものよ。わたしは、怖《こわ》がりでも賢《かしこ》くて優《やさ》しいリッケが好き。いつも、みんなのことを考えて、頑張《がんば》っているリッケが好き。もし臆病すぎるって思ったときには、あんな精霊女《せいれい》じゃなく、わたしが叱《しか》るわ！」

ルーシアは早口で叫びながら、リッケのほうに近づいてゆく。

「危険だ！」

シヴィルが腕《うで》を摑《つか》んでひきとめようとしたが、バイカルの王女は激《はげ》しく腕を振《ふ》りまわして払《はら》いのけると、そのまま進んでゆく。

「それ以上、近寄るなよ！　ルーシアには、ボクの気持ちなんて分からないんだ。本当はこんなところに来たくなかった。海は嫌《きら》いだし、船だって嫌いだ。嵐《あらし》は死にそうなほど怖かったし、魔物に飲み込《こ》まれるのは、もっと怖かった。部族のため、立派《りっぱ》な族長になるためだって、必死で我慢《がまん》してきた。だけど、もう限界《げんかい》だよ。もう一度、同じようなことをやれと言われても、絶対《ぜったい》、無理だよ。だけど、部族のため、またやらなくちゃいけないかもしれない。そんなとき、この剣が必要なんだ！　ボクに勇気を授《さず》けてくれる本物のバルキリーが……」

リッケはそう叫ぶと、思わず剣を鞘《さや》から抜いた。それを両手で支《ささ》えるが、剣の先はぶるぶると震《ふる》えている。

当然、バルキリーが姿《すがた》を現《あらわ》した。

勇気の精霊はリッケの頭上に浮《う》かびながら、妖《あや》しい微笑《びしょう》を浮かべる。

「ほら、大丈夫《だいじょうぶ》。ボクはぜんぜん変わっていないよ。この剣は、必要なときだけ抜くと誓《ちか》う。海の民の長《おさ》になるために、この剣は絶対、必要なんだ……」

「どうする、リウイ？　短剣を投げたら、剣を落とせると思うけど？」

ミレルがリウイに囁《ささや》きかけた。

彼女の腕なら、たしかに難《むずか》しくはないだろう。

持っているのもやっとという様子だから、短剣がかすっただけでも、剣を取り落とすに違《ちが》いない。それをリッケより早く拾《ひろ》いあげるのも、俊敏《しゅんびん》な彼女なら容易《たやす》いはずだ。

しかし——

「無理矢理《むりやり》、取りあげたら、リッケのためにならない気がするんだよなぁ」

リウイは苦笑《くしょう》まじりに言った。

「そうかもしれないけど、あの子も、必死みたいよ。事故《じこ》が起こらないといいけど……」

バルキリーに命令すれば、勇気の精霊は喜んで魔法の投槍《ジャベリン》を放つことだろう。

「ここは、ルーシアに任《まか》せておこうぜ。女の怖さが分かれば、あの子も、ちょっとは大人になれるからな」

「どういう意味よ？」

ミレルが思わず顔をしかめる。

ルーシアはゆっくりとだが、歩みを止めることなく、リッケに近づいていた。

「それ以上、来るなって言ったろ？」

リッケは今にも泣きそうな表情《ひょうじょう》だった。

「行くわよ！　リッケが馬鹿《ばか》なことをしてるんだから！」

「止まれってば！」

リッケは悲鳴にも似《に》た声をあげた。

目を閉《と》じ、顔を伏《ふ》せる。

「バルキリー！」

そしてリッケは叫《さけ》んだのだ。

その瞬間《しゅんかん》、バルキリーが右腕を高く持ち上げた。

白く輝《かがや》く投槍が姿を現す。

勇気の精霊は、ゆっくりと腕を振るった。

リウイは全身の血が凍《こお》ったような気がした。

魔法の投槍は、ルーシアに向かって宙《ちゅう》を滑《すべ》る。

そして――

彼女の小さな頭すれすれを通り、甲板《かんぱん》に突《つ》き刺《さ》さった。

三つに編《あ》みこんだルーシアのおさげのひとつが切れ、赤みがかった金色の髪《かみ》が、解《ほど》けながら床《ゆか》に舞《ま》い散る。

ルーシアはそれでも歩みを止めることなく、リッケのもとに進んだ。

そして正面に立つと、思いきり少年の頬《ほお》を叩《たた》く。皆《みな》が息を飲んで見守っていただけに、その音はひときわ高く、魔獣《まじゅう》の腹腔《ふっこう》に何重にも響《ひび》き渡《わた》った。

「馬鹿！　リッケの馬鹿！」

ルーシアは少年の胸《むね》に顔をうずめると、堰《せき》を切ったように、わあわあと泣き声をあげはじめた。

「ごめん、ルーシア……」

リッケはうなだれると、剣《けん》を手放《てばな》した。

魔剣《まけん》が金属音《きんぞくおん》をたてて、甲板に落ちる。

そして、すこしだけ遅《おく》れて、少年の泣き声が少女の泣き声に重なった。

第7章　楽園の終焉《しゅうえん》

1

巨鯨《きょげい》の魔獣《まじゅう》ザラタンの体内には、静寂《せいじゃく》がもどっていた。

いにしえの海賊王《かいぞくおう》の亡霊《ぼうれい》は去り、勇気の精霊《せいれい》バルキリーの姿《すがた》も今はない。

蛮勇《ばんゆう》を与《あた》えるとされる魔剣《まけん》は、オラン聖剣探索隊《せいけんたんさくたい》の隊長である女騎士《きし》のシヴィルが、鞘《さや》に収《おさ》め、留《と》め金をかけ、さらに布《ぬの》で包み、手に持っている。

魔剣を自分のものにしようとしたリッケは申し訳《わけ》なさそうにうなだれたまま。ルーシア王女が、少年の手を優《やさ》しく握《にぎ》りしめている。

「これで片《かた》がついたかな」

リウイは大きく息をついた。

「そう願いたいわね」

アイラがうんざりとした表情《ひょうじょう》でつぶやく。

「でも、この船の財宝《ざいほう》を運びだし、この巨鯨のお腹《なか》のなかから脱出《だっしゅつ》しないといけないんだよね？　後始末というには、大変すぎない？」

ミレルが、周囲を見回しながら言う。

魔獣の体内は、さながら巨大な洞穴《ほらあな》のようだ。壁《かべ》は岩のように硬《かた》く、海水がなかばまで溜《た》まっている。

蝙蝠《こうもり》が出入りしているのだから、巨鯨の鼻腔《びこう》から脱出できるのかもしれないが、どうやれば、そこまで移動《いどう》できるか分からない。

「こういうときにこそ、魔法の宝物《マジックアイテム》よ」

アイラが得意そうに言うと、腰《こし》に下げている鞄《ポーチ》から複雑《ふくざつ》な紋様《もんよう》が刺繍《ししゅう》された布製《ぬのせい》の袋《ふくろ》を取り出した。

そして上位古代語《ハイ・エンシェント》の合言葉を唱《とな》え、手を入れて探《さぐ》りはじめる。

そこには彼女が収集《しゅうしゅう》した魔法の宝物が、大量に入っているのだ。実は、袋そのものにも魔力が付与《ふよ》されており、見た目より、はるかに大量の荷物を入れることができる。そして、どれだけ入れても、重さは変わらない。アイラは冒険《ぼうけん》に役立ちそうな魔法の宝物をその袋のなかに入れて、持ち運んでいるのだ。

「いつも思うんだけど、その袋のなかって、どうなってるの？」

ミレルがアイラの側に寄り、覗《のぞ》きこもうとした。

「あっ、やめたほうがいいわよ」

アイラがあわてて言ったが、そのときには黒髪《くろかみ》の少女の視線《しせん》は、すでに袋のなかに向けられていた。

「ひっ！」

ミレルは短く悲鳴をあげると、よろよろと後ずさった。

「よ、夜空が見えるよ〜」

「袋のなかは、異空間《いくうかん》だもの。何が見えても不思議じゃないわ。だから、こうして手探りしてるのよ……」

アイラが笑いながら、ごそごそと手を動かしつづける。

「あった、あった」

そして透明《とうめい》な瓶《ボトル》をひとつ取り出した。

「それは？」

ミレルが、ボトルに顔を近づける。

「船瓶《シップボトル》という名の宝物よ。魔力を発動させると、船を一隻《せき》、このなかに閉《と》じ込めることができるの。この袋と同じで、重くもならないしね。簡単《かんたん》に持ち運ぶことができるわ」

「ずいぶん便利なものねぇ」

ミレルが黒くつぶらな瞳《ひとみ》をくりくりさせた。

「だから、古代王国でもよく使われていたみたいよ。海に近い遺跡《いせき》とかで、かなりの数が発見されている。船を十隻は買えるような値《ね》で取り引きされているから、これを発掘《はっくつ》した冒険者は大成功よね」

「そんなものを、趣味《しゅみ》で買っていたわけね」

ミレルがじとりとした目をアイラに向ける。

「わたしにとって、魔法の宝物の収集は趣味だもの。実際《じっさい》に使うことがあるなんて、思いもしなかったぐらいだわ」

アイラが肩《かた》をすくめた。

「財宝《ざいほう》を運びだす手間がはぶけて助かるな。ここから脱出するのも、瞬間移動《テレポート》の呪文《じゅもん》を使えばいいし」

リウイが笑顔《えがお》で言う。

瞬間移動は高位の魔法で、自分は使えないが、ここにはアイラとアストラのふたりも使い手がいるのである。

「さ、小船に移《うつ》ろうぜ。ここにいたら、船と一緒《いっしょ》にボトルに閉じ込められてしまうからな」

リウイが呼《よ》びかけ、小船へと全員が移動した。

そしてアイラが魔法のボトルの栓《せん》を抜《ぬ》き、合言葉を唱《とな》え、魔力を発動させる。

いにしえの海賊王《かいぞくおう》の船は、眩《まばゆ》い光に包まれ、ボトルのなかへ煙《けむり》のように吸《す》い込《こ》まれていった。

それを目《ま》の当たりにした海の民《バイキング》の男たちは、驚《おどろ》きと感嘆《かんたん》の声をあげる。

アイラはボトルを覗きこみ、中に船の姿《すがた》があるのを確認《かくにん》すると、満足そうにうなずき、栓をはめた。

「この栓を抜き、さっきの合言葉を唱えれば、船はもとにもどるわ……」

アイラはそう説明しながら、魔法のボトルをリッケに手渡《てわた》した。

船に積み込まれている財宝は、海の民のものなのだ。

「さて、飛ばしてゆきますよ……」

アストラがそう言うと、誰《だれ》の返事も待たず瞬間移動の呪文を詠唱《えいしょう》しはじめた。

無駄《むだ》な時間を使うつもりはないということだろう。

アイラも、同じ呪文を唱えはじめる。

「だ、大丈夫《だいじょうぶ》なんだろうな？」

「魔法というのはどうも……」

海の民の男たちが、不安そうに顔を見合わせる。

「その気持ちは分かるが、覚悟《かくご》を決めてふたりの前に並《なら》んでくれ」

リウイが笑いかけると、船乗りたちはしぶしぶ従《したが》った。

ふたりの魔術師《まじゅつし》は、瞬間移動の呪文を完成させ、ひとりずつ飛ばしてゆく。

移動《いどう》先は、船を停泊《ていはく》させてある島だった。全員を飛ばし終えると、最後に自分たちが魔法で移動する。

そして船とともに残っていた船乗りたちと合流した。

彼らは財宝を手に入れたことを知ると、歓声《かんせい》をあげて喜んだ。

「バイカルまでも、さっきの魔法で帰れば簡単なんじゃない？　嵐《あらし》の海をもう一度、越《こ》えなくてもいいしさ」

ミレルがアイラに声をかけた。

「それは可能《かのう》だけど、人数が多いから、魔力がもたないわね。途中《とちゅう》で何回も休息しないといけないでしょうね。それに乗ってきた船は、ここに置いてゆくことになる。魔法の瓶《ボトル》はひとつしかないし、閉じこめられる船は一隻だけだしね」

「海の民にとって、船は土地も一緒《いっしょ》だ。捨《す》てて帰ったら、族長に申し訳《わけ》がたたない」

側にいた船乗りのひとりが、あわてて口を挟《はさ》んだ。

「だそうよ……」

アイラが幾分《いくぶん》、ホッとしたような表情《ひょうじょう》をした。高位の呪文《じゅもん》を続けて使うのは、ひどく精《せい》神《しん》が消耗《しょうもう》するのだ。

それに瞬間移動の呪文は、失敗の危険《きけん》もある。違《ちが》う場所に飛んでしまったり、時空に飲み込まれてしまうこともあるらしい。

「もともと嵐の海を鎮《しず》めるため、魔法装置《そうち》を止めるという話だったじゃないの？」

「そうだけど、考えてみると、それも大変そうだよね……」

ミレルはため息をついた。

「陸地は財宝を探《さが》すため、隅々《すみずみ》まで調べたけど、魔法装置みたいなのは見つかっていないでしょ。ということは、きっと海のなかだよね？」

「おそらくな……」

そう答えたのは、リウイである。

「だが、あれほどの嵐を生みだしている魔法装置だ。きっと巨大《きょだい》なはずだし、強い魔力が働いている。見つけだすのはそう難《むずか》しくはないだろう。海のなかとはいえ、それほど深い場所に作られているとは思えないしな」

「止め方は、分かるの？」

ミレルは、リウイを振《ふ》り返った。

「それについては自信がある。天候制御《せいぎょ》の魔法装置と、基本《きほん》は同じはずだからな。今日はゆっくり休んで、夜が明けたら、船乗りたちには、帰り支度《じたく》をはじめてもらおう。魔法装置の捜索《そうさく》は、オレがやるよ」

陽はすでに西の海へと沈《しず》みかけている。

砂浜《すなはま》の白い砂が、赤く染《そ》まっていた。

魔法装置を止めれば、嵐の海も消えるはずだが、同時にこの群島《ぐんとう》も楽園ではなくなるのである。船乗りたちは、船から酒や食料を運びだしている。財宝発見を祝《いわ》い、今夜は宴《うたげ》となるだろう。

「楽園ですごす最後の一夜だ。オレたちも、存分《ぞんぶん》に楽しもうぜ」

2

翌朝《よくあさ》になり、海の民の男たちは宴の疲《つか》れをひきずりつつも、帰りの航海のための準備《じゅんび》をはじめる。

そしてリウイは、魔法装置の捜索を開始した。

見つけだすのは、簡単《かんたん》だった。

天才魔術師少年のアストラが、優《すぐ》れた推理力《すいりりょく》を発揮《はっき》し、自作の地図を広げ、巨大な円を描《えが》く嵐の海の中心にあたる場所に魔法装置があると指摘《してき》したからである。

飛空のマントを使い、空を飛んでゆくと、その通りの位置に魔法装置は存在《そんざい》していた。海に浮《う》かぶ金属製《きんぞくせい》の球体である。波に揺《ゆ》られているが、位置は変わらない。碇《いかり》か何かで固定されているのだろう。

上部には円形の扉《とびら》がついており、魔法の鍵《かぎ》がかかっている。

鍵を外すための合言葉は分からないので、最高級の魔晶石《ましょうせき》を使い、魔力を増大《ぞうだい》させた〈開錠《アンロック》〉の呪文《じゅもん》で扉を開いた。

中に入ると、予想したとおり制御盤《ばん》が見つかった。精霊力《せいれいりょく》を支配《しはい》し、海流や天候を制御する仕組みである。

そして眩《まばや》く輝《かがや》く巨大な魔晶石。まるで雲丹《うに》の針《はり》のような結晶が何本も伸《の》び、その先端《せんたん》は球体を貫《つらぬ》いている。おそらくは海中に突《つ》き出ており、魔力を汲《く》みあげているのだろう。

制御盤はオーファンで見たものより、かなり複雑《ふくざつ》だったが、基本的な構造《こうぞう》はやはり同じだった。

しかも今回は暴走《ぼうそう》しているわけではない。じっくりと観察し、機能《きのう》を停止させることができる。

リウイは慎重《しんちょう》に制御盤を操作《そうさ》し、魔法装置を停止させた。

これで強制的《きょうせい》に変更《へんこう》されていた精霊力のバランスがもとにもどるはずである。

リウイは魔法装置から外へ出ると、ふたたび船へともどる。

出航の準備は、すでに終わっていた。

もっとも、天候や海流が、自然の状態《じょうたい》にもどるまで、どういう影響《えいきょう》があるかしれない。

海が荒《あ》れる可《か》能性《のうせい》もあるので、船はいったん陸へと引き上げてもらっていた。

はたして、冷たい雨が降《ふ》りはじめ、強風が舞《ま》いはじめた。地震《じしん》も何度となく感じた。

しかし四半日も経《た》つと、雨はあがり、風は静まり、地震も感じなくなった。

ただ空は灰色《はいいろ》がかり、海の色も暗くなっている。気温も下がり、暖《あたた》かい気候に慣《な》れた身には、肌寒《はだざむ》く感じられた。これがこの群島《ぐんとう》本来の気候なのだろう。

そして群島を壁《かべ》のように取り囲んでいた嵐の海も完全に消滅《しょうめつ》していた。

波は幾分《いくぶん》、高いが、航海するには何の問題もない。

「出航しよう……」

シヴィルが決定を下した。

そして船を海へ押《お》し出し、全員が乗り込んでゆく。

順風ではないので、帆《ほ》はあげず、漕《こ》ぎ手たちが櫂《かい》を使い、ゆっくりと船を進ませた。

「たとえ風に恵《めぐ》まれなくても、十日もすれば港に帰れるだろうて」

〝嵐を駆《か》る者〟という異名《いみょう》を持つ舵取《かじと》りの老人グーセンが、上機嫌《じょうきげん》で言った。

リウイはマストの側に立ち、老人の言葉をうなずきながら聞《き》いていた。

彼らにとっては、このあたりの海は庭も同然だろう。

リウイ自身、今回の航海は終わったも同然だと思っていた。

もっとも、気になることが、ないわけではない。

賊《ぞく》を雇《やと》い、リッケとルーシア王女を襲《おそ》わせたのは誰なのか？　船に積みこんだ酒樽《さかだる》に毒が入っていた事件《じけん》も未解決《みかいけつ》のままだ。

しかし、それらはバイカルに帰ってからの問題である。それに自分たちが解決すべき問題とも思えない。

魔法王の鍛冶師《かじし》ヴァンが鍛《きた》えた武具《ぶぐ》の探索《たんさく》のため、次の旅に備《そな》えないといけないのだ。

どこへ行くかも決めてある。

神の心臓《しんぞう》と呼《よ》ばれる火山がある島だ。バイカルから船で行けば、さほど遠くない。そして故郷《こきょう》オーファンにも近い。

そこでは、ヴァンの武具を見つけだすこともだが、火竜《ファイアドラゴン》の幼竜《ドラゴンパピー》であるクリシュを脱《だっ》皮《ぴ》させ、成竜《せいりゅう》にするという目的もある。

竜の爪《つめ》の支配から自由になるクリシュと対決するためである。

来るべきものが来たということだ。それを承知《しょうち》で、幼竜であるクリシュを殺すのではなく、支配したのである。

（それが終われば、オーファンへ帰るのもいいかもしれないな）

リウイはふと思った。

ラヴェルナ導師《どうし》への報告《ほうこく》は魔法の水晶《すいしょう》による通信で欠かしていないが、実父《じっぷ》であるリジャールや養父《ようふ》であるカーウェスにも挨拶《あいさつ》したい。

ジェニおばさんにも会い、自分が体験した戦いの話を聞かせたい。喜んでもくれるし、悔《くや》しがりもするだろう。

柄《がら》にもなく、郷愁《きょうしゅう》が募《つの》るのを感じた。

いつものように船の舳先《へさき》に立ち、竪琴《たてごと》を爪弾《つまび》く〝魂《たましい》の奏者《そうしゃ》〟ラムスが奏《かな》でる音が、心にしみた。ゆっくりとした調べの曲だったからかもしれない。

リウイは惹《ひ》かれるように、ラムスの側に近寄《ちかよ》っていった。

「あんたのおかげで、みんながどれだけ勇気づけられ、あるいは慰《なぐさ》められたことか。オレが言うのもなんだが、この航海に参加してくれて、本当に感謝《かんしゃ》する」

ラムスは手を止めると、リウイを振《ふ》り返る。

魂の奏者は、笑っていた。

その顔を見て、リウイはうなじのあたりが、ぴりっとするのを感じた。

それほど不気味な笑いに見えたのだ。

「あなたたちこそ見事だったよ。オーファンの王子殿《どの》も、美しきオランの騎士《きし》殿も。この航海は、あなたたちの力がなければ、決して成功しなかっただろう……」

「目的の財宝が、巨鯨《きょげい》の魔獣《まじゅう》の腹《はら》のなかだったものな。魔法《まほう》の力は、欠かせないものだった。だが、嵐《あらし》の海を越《こ》えられたのは、海の民の船乗りたちの勇気と技量《ぎりょう》のおかげだ。互《たが》いの協力あればこそ成功できたんだ」

警戒《けいかい》を覚えながらも、ラムスに答える。

「本当に成功するとは、思いもしなかったよ。それに、成功させたいとも思わなかったしな……」

「どういう意味だ？」

リウイは目を細める。

「この航海が失敗していたら、海の民の族長になるのは、わたしの一族なのだよ。失敗を願うのは当然だろう？」

「だが、あんたは航海に参加した。そして誰もが賞賛《しょうさん》するほどの働きをしたじゃないか？」

「わたしだって、死にたくはない。この航海に参加しただけでも、わたしの名声は高まる。失敗して帰ってきても、汚名《おめい》を着るわけではない。責任《せきにん》はギアース族長が負《お》ってくれるからな」

「つまり、あんたはこの航海が失敗し、そして生きて帰ってくることに賭《か》けたというわけか？　わずかな可能性《かのうせい》のために、ずいぶんな危険《きけん》をおかしたものだな。それに、それが本音《ほんね》だとしても、今、オレに言う必要はないだろう？」

「あなたが言ったとおり、わたしは賭けに負けてしまった。だから、次の手を打つしかなくなったのだよ」

ラムスはため息をつくと、振り返り、船の進行方向を見つめた。

リウイもつられて、視線《しせん》を向ける。そして目を見開いた。

「そういえば、もうひとつ気になることを忘《わす》れていたぜ……」

呻《うめ》き声を漏《も》らす。

船の行く手に、ムディールの武装《ぶそう》商船の姿《すがた》が見えたのだ。それも十隻《せき》ほどの船団《せんだん》である。

「あれを率《ひき》いているのは、ムディールの海狼《かいろう》とやらだな？」

「そのとおり、テグリ殿《どの》だよ」

「ムディールと内通していたのは、あんただったというわけか？　それにしても、絶妙《ぜつみょう》な

登場だな。ずっと連絡《れんらく》を取り合っていたみたいだな？」

「あなたたちだけが、魔法の宝物をもっているわけではない。この竪琴《たてごと》には魔法がかかっていて、竪琴を鳴らすと、その音色《ねいろ》や奏者《そうしゃ》であるわたしの声が、対《つい》である竪琴から流れるのだよ。向こうの音は、こちらにはいっさい聞こえないのだがな。こちらの状況《じょうきょう》を伝えておけば、テグリ殿にぬかりはない」

ラムスはそう言うと、竪琴をひと鳴らしした。

「なるほど……」

リウイは舌打《したう》ちをする。

「しかし、海の民を裏切《うらぎ》って、あんたに何の得がある？」

「ムディールでの地位は約束されている。だが、わたしは裏切ったのではない。すべては、海の民を救うためだ……」

ラムスは吐《は》き捨《す》てるように言った。

「我《われ》らが、世界の海を支配《しはい》したというのは、遠い昔のことだ。今や交易《こうえき》はムディールに独《どく》占《せん》され、海賊《かいぞく》で稼《かせ》ぐのも難《むずか》しい。ロドーリルとの戦《いくさ》がなくても、我らは遠からず困窮《こんきゅう》していたはずだ。そして、この航海で得た財宝《ざいほう》とて、一時しのぎにしかならないのだよ」

「だから？」

リウイは続きを促《うなが》す。

「わたしが武装商船を襲撃《しゅうげき》し、略奪《りゃくだつ》したという噂《うわさ》があるのは知っているだろう？　あれは、奪《うば》ったのではない。荷を託《たく》されただけなのだ。武装商船は大量の商品を積めるが、船足が遅《おそ》い。だから、航路を定《さだ》め、大きな港だけを巡《めぐ》っている。わたしは武装商船から荷を預《あず》かり、その航路から外れた小さな港を回ったり、急ぎの荷を届《とど》けることで、稼いでいた。その取り引きを持ちかけたのも、わたしでね。海の民が生き残るには、それしか方法がないと思ったのだよ」

「あんたは、海の民をムディールに従属《じゅうぞく》させるつもりか？」

「まさに、そのとおりだ。我らは陸の民と決別し、ムディール王国に組み込《こ》まれる。そして武装商船と組んで、ふたたび世界の海に乗りだすのだ」

「誇《ほこ》り高い海の民が、それに従《したが》うとは思えないな。そしてムディール王国が、海の民をどう支配するかも容易《ようい》に想像《そうぞう》がつく。決して、まともな扱《あつか》いではないと思うぜ……」

ふと気がつくと、海の民の船乗りたちが遠巻《とおま》きに囲んでいた。仲間たちもいるし、シヴィルたちの姿《すがた》もある。

「魂《たましい》の奏者ラムス、おまえは我らを、ムディールに売るつもりなのか？」

海の民の男のひとりが、怒《いか》りの声をあげた。

「そう言われても、反論《はんろん》はできないな。だが、現実《げんじつ》を見ろ。この船は今、十隻《せき》もの武装商船に針路《しんろ》を塞《ふさ》がれている。どうやって戦う？　逃《に》げることも、もはや不可能《ふかのう》だぞ。おとなしく降伏《こうふく》し、財宝を渡《わた》すことだな。それしか生き延《の》びる方法はない」

ラムスは冷たく笑った。

「命がけで手に入れたものを、易々《やすやす》と渡せるものか！」

誰《だれ》かが叫《さけ》んだ。

「ならば、死ぬのだな……」

ラムスはそう言うと、身を投げるように、海へと飛び込んだ。

そして浮《う》かびあがってこなかったが、そのまま沈《しず》んだとは思えなかった。魔法《まほう》の竪琴《たてごと》という連絡手段《れんらくしゅだん》があるのだから、近くの島まで泳ぎつけば、あとは武装商船に救助されるのを待てばいい。

「裏切り者め！」

魂の奏者に対する船乗りたちの怒りは、収《おさ》まることがなかった。

「みんな、落ち着いて！」

シヴィルが前に進みでて、船乗りたちを振《ふ》り返った。

「今こそ、喜びの野に行くときのようだ。我《われ》らがバルキリーよ、導《みちび》いてくれ」

戦乙女の装束《しょうぞく》を着たシヴィルを見て、船乗りたちが気勢《きせい》をあげる。

「どうするつもりだ？　何か考えでもあるのか？」

リウイが下位古代語《ロー・エンシェント》を使って、それも小声でシヴィルに声をかける。

「魂の奏者が言ったとおりです。戦っても勝てない。逃げられないのも間違《まちが》いない。悔《くや》しいが、降伏するしかありません……」

シヴィルも下位古代語で答えた。

「降伏しても、ムディールの連中が、海の民やオレたちを助けるという保証《ほしょう》はないぜ？」

「それぐらいは承知《しょうち》のうえです。アストラは瞬間移動《テレポート》の呪文《じゅもん》を使い、わたしたちだけでも逃げようと提案《ていあん》しております。我らの使命の重さを考えれば、それも致《いた》し方ないこと。リウイ王子も、眼鏡《めがね》の女性魔術師にそう命じられたらいかがか？」

シヴィルの声は震《ふる》え、その目には涙《なみだ》も滲《にじ》んでいた。自《みずか》らの決断《けつだん》が、悔しくてならないのだろう。

「オレは、逃げるつもりはないな……」

リウイは笑いながら首を横に振る。

「海の民に肩《かた》入れするつもりはないが、少なくとも、この船の乗員だけは命の危険《きけん》をともにした仲間だ。見捨《みす》てることはできない。それに、あの船団《せんだん》に勝てる方法も、ないわけじやないしな」

「それは真《まこと》ですか？」

「まあな……」

リウイは自信の笑《え》みを浮かべた。

「この船がまともに戦っても、勝てるわけがない。だから、代《か》わりに戦ってもらうのさ」

「いったい誰にです？」

シヴィルは怪訝《けげん》そうに訊《たず》ねる。

「白鯨《ザラタン》にだよ」

リウイの答えを聞いて、シヴィルはあっという顔になる。

「たしかに、あの魔獣《まじゅう》が暴《あば》れたら、武装商船とてひとたまりもありますまい。しかし、そのようなことが可能なのですか？」

「やり方によればな……」

リウイはうなずいた。

「みんなも、よく聞いてくれよ」

リウイは、自らが考えた計略《けいりゃく》を説明していった。

巨鯨と武装商船とを戦わせるという提案には、誰もが驚《おどろ》いた。

しかし、ひとつずつ手順を言うと、皆《みな》が納得《なっとく》しはじめる。

「うまくゆくかどうかは分からない。しかし、やるしかないんだ」

リウイが説明を終えると、全員が覚悟《かくご》の表情《ひょうじょう》でうなずきかえした。

そして計画は実行に移《うつ》されたのである。

3

海の民の船は行く手を塞《ふさ》ぐムディールの船団から逃《のが》れるように反転した。

ひと暴れしたあと、ふたたび島のように動かなくなった白鯨《ザラタン》へと向かう。

だが、その手前にある島の側で、リウイと漕《こ》ぎ手だけを残し、全員が海へ飛び込んだ。

互《たが》いに助け合って島に泳ぎつくと、木々の間に身を潜《ひそ》める。

ムディールの船団はまだ遠く、それに気づくことはなかった。

そしてリウイたちは全速力で船を漕ぎ進め、巨鯨の背《せ》に勢《いきお》いよく乗り上げる。ふたたび眠《ねむ》りに入ったのか、魔獣はぴくりとも動かなかった。

魔獣の背に乗り上げた船に、リウイひとりを残し、漕ぎ手たちは船から降《お》りた。彼らは海に飛び込み、仲間のいる島を目指《めざ》し、泳ぎはじめる。皆、海の民の男である。泳ぎは達《たっ》者《しゃ》で、溺《おぼ》れる心配はない。

「さて、と……」

ただひとり甲板《かんぱん》に立ち、リウイはムディールの船団がやってくるのを待った。右手には魔法の発動体である棒杖《ワンド》を、左手には火のついた松明《たいまつ》を握《にぎ》っている。

やがて、真っ黒な武装商船が、次々と姿《すがた》を現《あらわ》した。そしてリウイの乗る船をぐるりと取り囲むように停止する。

十隻《せき》とも投石器《カタパルト》や大弩弓《バリスタ》といった海戦用の武器《ぶき》を搭載《とうさい》していた。どうやら、すべて軍船のようだ。

〝海狼《かいろう》〟の異名《いみよう》をもつムディールの英雄《えいゆう》テグリは、伝説に名高い海賊王《かいぞくおう》バラックの財宝《ざいほう》を、なんとしてでも奪《うば》い取るつもりのようだ。

しばらくすると、一隻だけがゆっくりと近づいてくる。

「降伏せよ、海賊ども。伝説に聞く海賊王の財宝をすべて差し出せば、命ばかりは助けよう」

船の舳先《へさき》近くには、ふたりの男が立っていた。そのうちのひとりが大声で呼《よ》びかけてくる。

「あんたが、海狼テグリか？」

リウイは大声で問い返した。

「わたしは副長のハキムだ。貴様《きさま》は誰だ？　海の民には見えないが……」

「テグリは、わしだ。おまえはオーファンの王子リウイだな？　吟遊詩人から報告《ほうこく》は受けている。オラン、オーファンが海賊バイカルをなぜ支援《しえん》する？　同盟《どうめい》でも結ぼうというのか？」

もうひとりの金色のつばなし帽《ぼう》をかぶった初老の男が、名乗りをあげてから、問いかけてきた。

「あんたが……」

リウイはつぶやく。

テグリの口調は穏《おだ》やかであったが、鋭《するど》い刃《やいば》を秘《ひ》めているように感じられた。うなじのあたりが、ぴりぴりとする。

「支援しているわけでも、同盟を結ぶつもりもない。たまたま目的が一致《いっち》しただけさ。だが、乗り合わせた船というしな。今回の件《けん》に関しては、海の民の肩を持たせてもらうぜ。苦労して手に入れた財宝を横取りしようというのも気に入らないしな」

リウイは相手の様子から片時《かたとき》も注意を逸《そ》らさなかった。すこしでも不審《ふしん》な動きがあれば、すぐ行動に出なければならない。

「笑止《しょうし》だな。その財宝は、もともと世界中から略奪《りゃくだつ》したものだぞ？　わしが横取りしようが非難《ひなん》される筋合《すじあ》いはないと思うがね？」

「その財宝は、生活に苦しむ海の民の人々を救うためのものだ。それが生きた使い道というものだ」

「海の民は、もうおしまいだよ。これからも海で暮《く》らしたければ、我《われ》らムディールに従属《じゅうぞく》することだ。手に入れた財宝は、船団《せんだん》の船乗りたちに褒美《ほうび》として配り、残りは国王陛下《へいか》に献上《けんじょう》するつもりだ。わしは総督《そうとく》として海の民を統治《とうち》させてもらえるよう、陛下にお願い申し上げているのだ。これこそが、まさに生きた使い道とは思わんかね？」

テグリはそう言うと、高らかに笑い声をあげた。

「そして国王に献上したより、多くの富《とみ》を海の民から吸《す》い上げるわけだな？」

「海賊どもには、相応《そうおう》の罰《ばつ》を受けてもらわんとな……」

テグリの顔に、残忍《ざんにん》さが浮《う》かんできたような気がした。

それが彼本来の性質《せいしつ》なのだろう。

リウイは段々《だんだん》、怒《いか》りがこみあげてきた。こういう男なら、これからやろうとしてることにも罪《つみ》の意識《いしき》を感じずに済《す》む。

「たとえ、そうだとしても、あんたに罰する資格《しかく》はないな。武装商船が海上貿易《ぼうえき》を独占《どくせん》しているのは、他国の交易船を海賊と決めつけて襲《おそ》ってきたからじゃないのか？　イーストエンドの新王が開国するにあたって、ムディールではなく海の民を交易相手に選んだのは、そのほうが利益《りえき》がでると分かっているからじゃないのか？　罰を受けるというなら、あんたもだぜ！」

リウイはそう叫《さけ》ぶなり、火のついた松明を足下《あしもと》に落とした。そこには船室の入口があり、戸は開けたままにしてあった。

松明は船室へと落ち、鈍《にぶ》い音を立てた。そこには燃《も》えそうなものがばらまかれており、可燃性《かねんせい》の油も、撒《ま》いてあった。

しばらくすると、猛火《もうか》に包まれるだろう。

煙《けむり》が足下から立ち上ってきた。

リウイは船室への扉《とびら》を閉《と》じて、その煙を封《ふう》じこめる。

「船に火をかけたのか？」

煙に気づいた副長の顔色が変わった。

「これは罠《わな》なのでは……」

副長はテグリを見つめる。

「他の船乗りの姿《すがた》が見えないな。おそらく船を捨《す》て財宝を持って島のどこかへ隠《かく》れたのだろう。狩《か》りの楽しみが増《ふ》えたというものだ……」

テグリは分厚《ぶあつ》い刃《やいば》の曲刀を引き抜《ぬ》くと、それを一振《ふ》りした。

「船を後退《こうたい》させろ。だが、あの男は殺せ。オーファンとはもともと国交がない。海の民と結んだからには王子とて容赦《ようしゃ》はいらん」

「それは、こちらの台詞《せりふ》だぜ」

リウイは叫ぶように応《こた》えると、素早《すばや》く呪文《じゅもん》を唱《とな》え〈火球《ファイアボール》〉の呪文を放った。

真っ赤な火球が宙《ちゅう》を走り、テグリの乗るムディール軍船の甲板《かんぱん》で爆発《ばくはつ》する。

テグリはその爆風にも動揺《どうよう》した様子もなく、その場から動かなかった。まさに飢《う》えた狼《おおかみ》のごとく、狙《ねら》った獲物《えもの》は絶対《ぜったい》に逃《に》がさないつもりなのだろう。

「全船、一斉射撃《いっせいしゃげき》！」

副官が声を限《かぎ》りに叫《さけ》んだ。

同時に誰かが銅鑼《どら》の音を大きく響《ひび》かせた。

その瞬間《しゅんかん》、武装船団《ぶそうせんだん》からカタパルトとバリスタの一斉射撃がはじまった。

「当たるなよ」

リウイは飛空の外套《がいとう》を発動させると、まっすぐ上空へと飛び上がった。

風を切る激《はげ》しい音が、身体《からだ》のすぐ近くを過《よぎ》ったが、幸《さいわ》いにも石弾も矢も直撃はしなかった。

「船を攻撃《こうげき》するための武器だものな。あんなのを食《く》らってたら、さすがにひとたまりもないぜ……」

矢弾はほとんどが船に命中したようだ。狙いが正確《せいかく》だったのが、むしろ幸いしたのかもしれない。

矢弾は甲板や船体を貫《つらぬ》き、海の民の船に無数の穴《あな》を開けた。

次の瞬間、巨大《きょだい》な爆発音のようなものが響き、激《はげ》しい熱気が立ち上ってくる。

船室のなかでくすぶっていた炎《ほのお》が、新鮮《しんせん》な空気を得て、一気に燃焼《ねんしょう》したのだ。

「白鯨《ザラタン》の背中《せなか》のものは、すべて洗い流されているからな。その熱は、魔獣《まじゅう》に直《じか》に伝わるはずだぜ……」

白鯨は熱を嫌《きら》っている。背中で焚《た》き火をされただけでも、怒《いか》り狂《くる》うほどなのである。

今は大型船がまるまる燃え上がっているのだ。

魔獣の怒りは周囲に浮《う》かぶ船を残らず沈《しず》めるまで続くことだろう。

そのとき、大気を震《ふる》わすような咆哮《ほうこう》が轟《とどろ》いた。

リウイは全身が痺《しび》れたようになり、急速に落下した。しかし、海面すれすれのところでなんとか姿勢《しせい》をもどし、ふたたび上昇《じょうしょう》する。

ふと海面を見ると、ムディールの武装船団があわてふためいて逃《に》げようとしていた。

だが、頑強《がんきょう》な船体が災《わざわ》いし、その船足は鈍《にぶ》い。巨鯨《きょげい》から逃げおおせるとは、とても思えなかった。

「オレたちは巨鯨の怒りが静まってから、ゆっくりと帰るとするぜ。いにしえの海賊王《かいぞくおう》の船に乗ってな……」

リウイは満足そうにつぶやくと颯爽《さっそう》とその場から飛び去った。

嵐《あらし》の海を舞台《ぶたい》とした魔法戦士《ルーンソルジャー》の物語はこれで終わる。

いにしえの海賊王の船は、浮いているのがやっとという状態《じょうたい》であったから、アルマの港に帰りつくまで様々な苦難《くなん》があったが、それでもこの波乱《はらん》つづきの航海のなかでは、語るに値《あたい》しないだろう。

持ち帰られた財宝《ざいほう》は莫大《ばくだい》なもので、海の民は困窮《こんきゅう》から脱《だっ》することができた。

ギアース族長はこの五年後に没《ぼっ》し、直孫《じきそん》のリッケがその地位を継《つ》ぐ。リッケは後に、バイカル王ともなり、海の民と陸の民《たみ》を統合《とうごう》することになる。そして聖剣《せいけん》戦争とそれに続く混乱《こんらん》の時代を巧《たく》みに乗りきったのは、よく知られているところだ。

彼は、〝臆病王《おくびょうおう》〟とも称《しょう》されたが、その理由は知られていない。王妃《おうひ》ルーシアに生涯《しょうがい》、頭があがらなかったという噂《うわさ》があることだけを記《しる》すにとどめよう。

英雄《えいゆう》テグリが率《ひき》いた十隻《せき》もの軍船を失ったムディールの打撃《だげき》は大きく、海の民は交易《こうえき》においても、かつての勢《いきお》いをいくらか取りもどすことができた。

海に消えた魂《たましい》の奏者《そうしゃ》ラムスの消息《しょうそく》は不明のままである。

だが、事件《じけん》から十年が過《す》ぎた頃《ころ》から、かつて嵐の海で閉《と》ざされていた群島《ぐんとう》の近くの海で、竪琴《たてごと》の音が風に乗って聞こえてくるとの噂が船乗りたちのあいだで広まることになる。

あとがき

『嵐の海の魔法戦士』、いかがでしたでしょうか？

本作の舞台は、アレクラスト大陸北東部に属《ぞく》する〝海賊の国〟バイカルです。バイキングのイメージで設定してある国ですが、無論、現実のバイキングとはまったく異《こと》なっています。ソードワールドは、世界の歴史や伝承《でんしょう》を題材にしつつも、スタンダードなファンタジー世界の構築《こうちく》を目指すというコンセプトでデザインしてありますので、史実《しじつ》に踏《ふ》み込《こ》んだ設定というのはしていません（正直に白状すれば、当時の僕にはそれほどの知識がなかったのです）。

でも、小説を書くにあたっては、やはりいろいろ調べるわけです。そうすると、バイキングがいかにヨーロッパで恐れられていたかが、よく分かりました。最終的には、キリスト教に教化されたり、支配地域《ちいき》に土着したりで活動が終わるのですが、バイキングが西洋史の一時代の主役であったのは間違いないようです。

リッケという名の子供のバイキングが出てくるんで、ルーネル・ヨンソン原作の小説で、日本でアニメ化された『小さなバイキング　ビッケ』を連想された読者の方もおられたようです。僕も大好きなアニメだったので、名前やキャラ設定は参考にしました。ただし、それだけです。ストーリーは全然、違います、と念のため。今でも、再放送やビデオで見られるはずですが、僕は子供の頃に見たっきりです。これを機会に、もう一度、見てみようかな、と考えています。

他にも『宝島』とか『白鯨《はくげい》』、『マスター・アンド・コマンダー』など、インスパイアされた作品は多数あります。嵐の海に囲まれた楽園を描写《びょうしゃ》するためには、映画の『青い珊瑚《さんご》礁《しょう》』をオンデマンドで借りて、見直したりしました。もっとも、主演女優のブルック・シールズの美しさのほうがどうしても記憶に残るんですよね。学生の頃、世界最高の美少女だと思っていましたが、あらためて見てもそう感じます。

話題を作品に戻して、本書を執筆して、いちばん楽しくもあり、苦労もしたのは、やはり嵐の海を越えるシーンです。これぱっかりは、体感するわけにも行きませんしね。参考になるような作品も思い至らず、想像だけで描写しました。現実にはああはゆかないでしょうが、迫力だけでも伝われば嬉《うれ》しいかぎりです。

さて、史実では、バイキングが乗っていた船は〝ロングシップ〟と呼ばれているようです。直訳すれば「長い船」で、実際に細長く、とても美しい船体をしています。残念ながら、実物を見たことはありません。

もっとも、リウイたちが乗っているのは、いくらか横長で、波をかぶったとき浸水《しんすい》しないように甲板を備《そな》えているという設定にしています。帆《ほ》は備えてますが、順風時のみに使用され、基本は人力の櫂船《かいぶね》です。ソードワールドでは櫂船にはガレーとルビを振っていますが、史実では櫂を使う船をすべてガレーと呼ぶわけではありません。ガレーというのは、櫂を動力にした大型の軍艦《ぐんかん》のことを意味する語のようです。僕は漠然と古代ギリシアの軍船がガレーの代表例だと思ってたのですが、調べてみると、十六世紀後半にあったレパントの海戦でも、ガレー船はキリスト教神聖同盟《しんせいどうめい》とオスマン・トルコ帝国の双方の主力とされているのには驚きました。こういった用語は、最近ではインターネットの検索《けんさく》エンジンが使えるので、便利といえば便利。しかし読者もすぐに調べることができるので、怖くもあります。間違いなどの指摘は歓迎しますが、お手柔らかにお願いします。

ソードワールド世界では「火薬を使った兵器はない」という基本設定があるのですが、帆船同様に本格的な帆船《はんせん》も登場させていません。火器があるとどうしても剣が弱くなるし、帆船は大航海時代のイメージが強く、ファンタジーには向かないという気がしたからです。あくまで、人力が基本の文明ということでご理解ください。

また本作では敵として登場してきたムディールの武装《ぶそう》商船ですが、本作では日本の安宅《あたけ》船（戦国時代の戦艦）のイメージで描写することにしました。とくに織田信長《おだのぶなが》が作らせたという鉄甲船《てっこうせん》ですね。江戸時代の鎖国《さこく》の影響で、日本は大航海時代《だいこうかいじだい》を迎《むか》えることなく近代に突入したわけですが、もしも織田信長が生きていたら、当時、世界に類を見なかった鉄甲船が世界中の海に進出する可能性があったのかもしれません。まあ、なくてよかったという気もしますが……

あと、白鯨ことザラタンの出典は、ホルヘ・ルイス・ボルヘスの『幻獣辞典《げんじゅうじてん》』です。日本のファンタジーに登場するモンスターの一級資料ですので、ご存じの方も多いでしょう。拙著でも『新ロードス島戦記』で、このザラタンの幼獣《ようじゅう》を登場させています。亀《かめ》という説もあるようですが、ソードワールド世界では鯨《くじら》の魔獣としました。いかにもありそうな海の伝説なので、〝海の民〟が広めたということにしたわけです。

また本作は『ドラゴンマガジン』に連載したものですが、文庫本にまとめるにあたって、大幅に手を加えました。おかげで、当初、予定していた発売日より二か月も遅《おく》れましたが、編集部は遅れるのが想定《そうてい》済みだったらしく、告知などはしていなかったはずなので、ご迷惑はかけていません……よね？　もしも、かけていたなら、申し訳ありません。

『ドラゴンマガジン』は現在、リニューアルされ隔月刊《かくげっかん》になっていますが、連載当時はまだ月刊でした。現在は同誌で『魔法の国の魔法戦士』というタイトルで連載をしていますが、隔月ペースでの執筆はまだリズムが摑めておらず、毎回、苦労しています。

次巻はその『魔法の国——』ではなく『煙火《えんか》の島の魔法戦士（仮題）』という作品を書き下ろしで発表する予定です。この「あとがき」を書いてすぐ執筆にかかります。アイデアはだいたいまとまりましたが、あとは久々の書き下ろしでどこまでペースを保って執筆できるかです。目標は年内ですが、今回もこの有様なので、大きくは出られません。とにかくがんばって書きますので、応援よろしくお願いします。簡単な予告をしておきますと、本作で思わせぶりな発言をしていた竜司祭《ドラゴンプリースト》のティカと幼竜クリシュが物語の中心になるはずです。

それではまた、次巻の「あとがき」でお会いしましょう。

初出

月刊ドラゴンマガジン
2007年6月号〜2007年12月号

富士見ファンタジア文庫

魔法戦士リウイ　ファーラムの剣

嵐《あらし》の海《うみ》の魔《ま》法《ほう》戦《せん》士《し》

平成20年８月25日　初版発行

著者――水野《みずの》　良《りよう》

発行者――山下直久

発行所――富士見書房
〒102-8144
東京都千代田区富士見1-12-14
http://www.fujimishobo.co.jp
電話　営業　03(3238)8702
　　　編集　03(3238)8585

印刷所――暁印刷
製本所――BBC

本書の無断複写・複製・転載を禁じます
落丁乱丁本はおとりかえいたします
定価はカバーに明記してあります

2008 Fujimishobo, Printed in Japan

ISBN978-4-8291-3316-3 C0193

©2008 Ryou Mizuno, Group SNE, Mamoru Yokota

最高の
見届けろ!
F ファンタジア文庫
●既刊
〈最高のSFエンタテインメント長編シリーズ〉
戦うボーイ・ミーツ・ガール
疾るワン・ナイト・スタンド
揺れるイントゥ・ザ・ブルー
終わるデイ・バイ・デイ 上
終わるデイ・バイ・デイ 下
踊るベリー・メリー・クリスマス
つづくオン・マイ・オウン
燃えるワン・マン・フォース
つどうメイク・マイ・デイ
せまるニック・オブ・タイム
〈長編シリーズのサイドストーリー 外伝短編シリーズ〉
音程は哀しく、射程は遠く
極北からの声
〈ボケと突っ込みの学園ドタバタコメディ短編シリーズ〉
放っておけない一匹狼?
本気にならない二死満塁?
自慢にならない三冠王?
同情できない四面楚歌?
どうにもならない五里霧中?
あてにならない六法全書?
安心できない七つ道具?
悩んでられない八方塞がり?
パニック!

エンタテインメント!!
フルメタル
賀東招二
SHOUJI GATOU
イラスト：四季童子
illstrator : SHIKIDOUJI

大地の実りから見捨てられ、
異形の獣が闊歩する世界。
学園都市ツェルニの入学生
レイフォンは、いきなりツェルニの
自衛小隊に配属されることになる。
だが、彼には剣を持てない理由があった……。
いう世界で生きている
ギオス

ファンタジア文庫
戦いを捨てた少年が、
少女と出会い——奇跡を生む。
史上最強の学園アクション・ファンタジー!!
I～IX絶賛発売中！
（シリーズ以下続刊）
雨木シュウスケ
SYUSUKE AMAGI
イラスト：深遊
illustration : MIYUU
自律型移動都市
僕たちは、レギオスと
鋼殻のレ

最強！王道戦記ファンタジー!!
貴族主義が進み
腐敗した王国の辺境で起こる反乱。
反乱軍には風の戦乙女を率いる知神ジェレイド。
ファンタジア文庫

王国軍には火の衣をまとう剣神アレス。
二人の英雄が激突するとき、
壮大な歴史が動きだす!!
師走トオル
TORU SIWASU
イラスト：光崎瑠衣
illustration : RUI KOSAKI
火の国、風の国物語
●既刊
火の国、風の国物語 戦竜在野
火の国、風の国物語2 風焔相撃
火の国、風の国物語3 星火燎原
（シリーズ以下続刊）

君のもとへ続く詠。
それを探す
召喚ファンタジー
『Keinez』《赤》・『Ruguz』《青》・『Surisuz』《黄》・『Beorc』《緑》。
ファンタジア文庫

『Arzus』――この五色を基本に、
呼びたいものと同色の触媒《カタリスト》を介し、
名前を讃美し、詠うことで招き寄せる名詠式《めいえいしき》。
世界に願いを反映させる名詠式の
専修学校に通うネイトとクルーエルが、
自分の本当の〝望み〟を探していくのだが……。
読むと誰かに優しくしたくなる、そんな物語。

●既刊
黄昏色の詠使い
イヴは夜明けに微笑んで
黄昏色の詠使いⅡ
奏でる少女の道行きは
黄昏色の詠使いⅢ
アマデウスの詩、謳え敗者の王
黄昏色の詠使いⅣ
踊る世界、イヴの調律
黄昏色の詠使いⅤ
全ての歌を夢見る子供たち
黄昏色の詠使いⅥ
そしてシャオの福音来たり
黄昏色の詠使いⅦ
新約の扉、汝ミクヴァの洗礼よ
（シリーズ以下続刊）

細音 啓
KEI SAZANE
イラスト：竹岡美穂
illustration：MIHO TAKEOKA

黄昏色《たそがれいろ》の詠使《うたつか》い

第19回「量産型はダテじゃない！」
柳実冬貴&銃爺
大賞賞金300万円にパワーアップ！
ファンタジア大賞
気合いと根性で送るでござる！
作品募集中！
きみにしか書けない「物語」で、今までにないドキドキを「読者」へ。
新しい地平の向こうへ挑戦していく、勇気ある才能をファンタジアは待っています！
大賞 正賞の盾ならびに副賞の300万円
金賞 正賞の賞状ならびに副賞の50万円
銀賞 正賞の賞状ならびに副賞の30万円
読者賞 正賞の賞状ならびに副賞の20万円
詳しくはドラゴンマガジン、弊社HPをチェック！
(電話でのお問い合わせはご遠慮ください)
http://www.fujimishobo.co.jp/
第18回「黄昏色の詠使い」
細音啓&竹岡美穂
第17回「七人の武器屋」
大楽絢太&今野隼史